新・若さま同心　徳川竜之助【四】

南蛮の罠

風野真知雄

JN052928

双葉文庫

目次

南蛮の罠　新・若さま同心 徳川竜之助

序　章　横浜《よこはま》の男女

一

横浜も外れに来てしまうと、日本のほかの町並とたいして変わりばえはしない。

ただ、ほかの町には少ない馬車の轍《わだち》が、道で目立っているくらいである。

東海道の神奈川宿へ向かう途中――。

とあるうらぶれた飲み屋に、男が疲れた顔で入ってきた。

男の歳は三十代も後半あたりか。

鼻筋の通ったたいい男で、こざっぱりしたなりに、髷《まげ》も小さくまとめて、相撲取りがつけるような鬢《びん》つけ油の匂いを漂わせている。

「酒くれ。冷やでな」

「はいよ」

迎えた店の女は、二十二、三というところだろう、銀杏《いちょう》返しにした髪に派手なかんざしが目立っている。顔立ちは、やけに目が大きいのを別にすれば、ちんまりと可愛らしくまとまっている。

その女が、片頰だけで笑い、茶碗酒を置いたので、

「なに笑ってやがる?」

男は怪訝《けげん》そうに訊《き》いた。

「あんたも居留地で商いでもしようとして、当てが外れた口だろ」

「なんでだ?」

「異人に買ってもらおうと、茶でも持ってきたんだろ。その荷物はあんまり重そうじゃないものね」

女は、男が足元に置いた大きな風呂敷に包まれたつづらを指差した。

「ふん。わかったか。もう、茶は溢れていて、いらねえとさ」

「そうなんだよ。しかも、異人に買わせるには、こじゃれた茶壺に入れるとか、なんか工夫がいるんだよ。あんたは、ただ、つまらないつづらに入れてきただけ

じゃないか」

「ちっ。そんなことしたって、味に変わりはねえだろうよ」

「そうじゃないんだ。そのちょっとした工夫のあるなしで、商売の先行きも決まってしまうのさ」

「まったく、もう」

男は不機嫌に茶碗酒を飲み干し、二杯目を頼んだ。

「うちもここで代々、茶店をしていたのを、飲み屋にしたんだけど、駄目だね。客は、飲むなら居留地の中の、いかにも異国ふうの店で飲むんだ」

女はつまらなそうに言って、煙草をキセルに詰めた。

「だろうな」

「世の中ってのは、なかなかいいようには変わらないね」

「おれたちにはな」

「あ、そうか。儲《もう》かったり、いい目にあってる連中もいるんだよね」

「そうさ」

「やっぱり頭の使いようかな」

「そうかもな」

　女はしばらく目を宙に泳がせていたが、

「いっそ、江戸に行ってさ、異国ふうの店でもやったほうが流行《はや》るかもしれないね」

「江戸で異国ふうの店ねえ」

「うん」

「そりゃあいいかもしれねえな。あんた、顔立ちが変わってるから、異人の女ってことにしてさ」

「異人の女ねえ」

　女はまんざらでもないような顔をして、煙草をぷかぷか吹かし、

「でも、あたし、アメリカ語なんかわからないし」

「なあに、でたらめでいいんだよ。でも、近ごろは江戸にもアメリカ語を学んだりしているやつもいるから、アメリカの船で連れて来られた聞いたことのない国の女ってことにするのさ」

「まあ」

「それで、あんたが適当な言葉をしゃべり、異国の酒を飲ませるんだ」

「異国の酒を仕入れなくちゃね。ここに一本だけあるけど、怖ろしく強い酒だ

よ」

女は後ろから瓶を一本取り出して、男に見せた。

奇妙な絵が描かれた紙が貼ってある。文字もいろいろ書いてあるが、読める文字は一つもない。

「それもでたらめでいいんだよ。この酒を紅で色つけてさ、ギヤマンの瓶にでも入れておけば、立派な異国の酒のでき上がりだ」

「そうだよね。酒なんかわかりゃしないのよ。現にこの酒だって、二割ほど水を足してるのに……」

「おいおい」

「あら」

女はうっかり言ってしまったので、ぺろりと舌を出し、

「でも、それ、いいわね」

「いいよな」

「面白がって客来るんじゃないの？」

「ああ、おれも話してるうち、いけそうな気がしてきた。横浜に来て、異人と商売しようなんて思うからしくじるんだ。江戸で、しらばっくれて異国ふうの商売

をしたほうが、ほんとに儲かるかもしれねえな」

　男はだんだんと気分が高揚してきたらしい。両方の手をいろんな方向に動かして、この店の中を想像で作り変えていくみたいにした。

「ここに長い台、ここに棚……」

「ねえ、あんた、あたしといっしょにやってくれるかい？」

「おれとおめえと？」

「そう。あんた、おかみさんいるの？」

「いや、いねえ。おめえこそ、亭主がいるんじゃねえのか？」

と、男は店の奥をのぞくようにしながら訊いた。

「亭主は死んだんだよ。この目の前で。異人の馬車にはねられてさ」

　女は無表情のまま言った。

「そうだったのか」

「いい亭主だったんだよ。やさしくてさ」

「女房にそんなことを言ってもらえるなんて、草葉の陰で喜んでいるだろうよ」

「だから、ここはもう離れたかったのさ。いいね、江戸」

　女はそう言って、静かに微笑《ほほえ》んだ。

二

「おい、ジョージ。そんなものが本当につくられたのか？」

「なんだ、サム、信じられないのか？」

「ううむ。ポール、お前はどう思う？」

三人は酒を酌み交わしながら話していた。

きつい酒で、喉が焼けるように感じるときもある。だから、わきに水を入れた茶碗を置いて、酒のあとに飲んだりする。

「たしかに城をつくるときにはめずらしくないな」

ポールが答えた。

「ほらな、サム。大坂の城にもあるというではないか」

「たしかに、昔から噂はあったな」

「ああ、火のないところに煙は立たないのさ」

「だが、ジョージ。それをどうやって探る？」

「図面などは残しておらぬらしいぞ」

と、ポールも言った。

「だろうな」

ジョージは自分の推論に自信があるらしく、悠然と酒を飲んでいる。

「そこに決めたのは誰なんだろうな?」

「おい、サム。いまの幕閣の顔ぶれを見てみろよ。小栗忠順《おぐりただまさ》に決まっているではないか」

「小栗か」

「切れ者だ」

ポールはうなずいた。

「ああ。あいつなら隠しそうだな」

「まずは、そこを炙《あぶ》り出そう」

「どうやって?」

「そりゃあ方法はいろいろさ。知っている者に案内してもらうか」

「そんなこと、できるのか?」

「ああ。警戒させるのさ。警戒したところにお宝はある」

「なるほど」

「慌てることはない。船の調達のことも話はついている。向こうはしばらく待っていてくれる」

「だが、ちょっと待てよ。警戒されたら、こっちが奪いにくくなるんじゃないのか？」

「そこは智慧《ちえ》の絞りどころさ。いったん警戒させといて、これは嘘だったんだ。ただ、世間を騒がすための謀略だったんだと思わせるのさ」

と、ジョージは言った。

どうやらこの三人の中で、ジョージがいちばん頭は回るらしい。

「え、ジョージ。どういうことだよ？」

「大物を利用するのさ。まあ、見てなって。ふっふっふ。勝算は、ちゃあんとここに入っているから」

と、ジョージは自分の頭を指差した。

第一章　蒸気の力

一

「竜之助《りゅうのすけ》さま」

障子戸の向こうでやよいが呼んだ。

「うん。わかっている」

誰かが玄関の戸を叩いていた。

ここは八丁堀にある南町奉行所の徳川《とくがわ》――いや、福川《ふくがわ》竜之助の役宅である。

寝入りばなだったが、竜之助も気づき、すぐに起き上がって、玄関に出た。

「福川さま、福川さま」

「誰だ？」

「南町奉行所の使いの者です」

「待ちな。いま、開けるから」

竜之助が玄関のたたきに下りると、やよいはすばやく板の間の端に控えた。

たとえばこれが、小者を装った敵であったりすれば、やよいはすぐに、たもとの中に忍ばせた小柄《こづか》を放つに違いない。

戸を開けると、見覚えのある小者がいた。

「よう、どうした？」

「宿直《とのい》の矢崎《やざき》さまから、福川さまも出張ってくれと」

「わかった。奉行所に行けばよいのか？」

「いえ、芝《しば》の東海道沿いにある海産物問屋〈浜田屋《はまだや》〉まで来ていただきたいと」

「もしや？」

竜之助はぴんと来るものがあった。このところ江戸を騒がす者がいる。

「はい。南蛮《なんばん》小僧が出たようです」

「よし。すぐ行く。先に行ってくれ」

「わかりました。どの道を行かれます？」

「芝なら、弾正橋《だんじようばし》から京橋《きようばし》に出て、あとは大通りを走るさ」

「京橋に行くまで福川さまに抜かれなかったらたいしたものですね」

竜之助の足の速さは知っているらしい。小者はそう言うと、走っていなくなった。

「やよい。もしかしたら一晩中動きまわることになるかもしれねえ」

「わかりました。お腹の足しになるものを、すぐにご用意します」

竜之助は着物を換え、足袋《たび》を履き、羽織を着た。二刀を差し、さらに十手を持つ。

鏡を見て、髷《まげ》の乱れを整えた。

竜之助はおしゃれである。町人たちにいろいろ協力してもらうためにも、町方同心は颯爽《さっそう》としていたほうがいいと思っている。

たちまち支度を終え、

「よし、出るぞ」

と、台所にいたやよいに声をかけた。

「はい。竜之助さま。これを」

やよいが手渡してくれたのは竹筒である。

「水か？」

「いえ。干し飯《ほしい》に湯を注いでいます。湯はぬるいので、粥《かゆ》になるまではしばらくかかると思います。味はつけておきました」

　朝の飯は、いつも炊きたてを食べている。用意できるものなどないだろうと、ちらっと思ったのだが、こんな手があったとは驚きである。

「助かる」

　提灯《ちょうちん》にろうそくを灯《とも》した。

　出ようとすると、

「竜之助さま。これも」

　やよいはそう言って、襟巻をすばやく首に巻いてくれた。

　やよいの顔が近づいた。こんなときでもいい匂いがする。目はきらきらと輝いている。竜之助は慌てて目を逸《そ》らした。まったくこの娘の色っぽさときたら。

　暖かい絹の襟巻。たしかにこれがあるだけで、寒さはまるで違う。

「やよいは、気がつき過ぎだろうが」

　ちょっと拗《す》ねたようにそう言って、竜之助は外に出た。

　ひゅうう、と師走《しわす》の風。

　鋭く、まるで地摺《じず》りの剣のように、下から巻き上げてきた。

「寒っ」

ひとこと言ったが、すぐに駆け出した。

怪盗・南蛮小僧が江戸の町に現われたのは、たぶんこれで四件目である。大名屋敷などでは盗賊に入られたのを恥辱として隠そうとするから、もしかしたらまだほかにもあるかもしれない。

最初は、京橋に近い小麦粉の問屋〈天野屋《あまのや》〉に出た。

その三日前に、「三千両をいただきに上がる　南蛮小僧」という予告の文が届けられていたという。

天野屋ではいちおう用心棒なども雇い、警戒はしたのだが、真夜中、裏通りに面した蔵が破られ、賊はまんまと千両箱三つを盗み出していった。まさか窓に嵌《は》めた鉄格子がねじ曲げられ、そこから侵入してくるとは、夢にも思わなかったらしい。

二件目が、築地《つきじ》にある土佐《とさ》藩の下屋敷だった。

ただし、ここは入られたという噂だけで、手のうちなどはまったくわかっていない。蔵から五千両が盗まれたという。藩邸側にも、いろいろと失態があったらしく、全容はわからない。

大目付が問い質《ただ》したところ、入られたのは事実らしい。ただ、予告などはなく、いきなり潜入されたということだった。

三件目は、なんと高輪《たかなわ》の寺、総林寺《そうりんじ》に置いてあった改修用の資金二千両が盗まれた。予告はあったが、当日の侵入はなく、ホッとした三日後に入られた。

本堂の屋根が破られ、中二階にあった金庫が持ち去られていた。

三件目あたりから瓦版が大騒ぎしていて、噂が噂を呼んでいる。

どうやら予告はあるときと、ないときがあるらしい。予告はあったが、まだ入られていないところもいくつもある。

浜田屋にはなかったのではないか。少なくとも、竜之助はなにも聞かされていない。もしかしたら、先月の月番だった北町奉行所のほうで、内密に扱っていたのかもしれない。

弾正橋を渡ったところで、報《しら》せに来た小者を追い抜いた。

「よう」

「福川さま。どうぞ、お先に。いっしょに走ろうとしたら、すぐに倒れてしまいますから」

「そうかい。じゃあ、先に行ってるぜ」

そのままひたすら走る。

浜田屋は、金杉橋《かなすぎばし》からさらに芝橋を渡り、すこし行ったところの左側にあった。すでに大勢の町方が来ていて、御用提灯がいくつも揺れていた。

ここにもすでに瓦版屋たちが駆けつけてきている。明日の昼ごろには江戸中に知れ渡っているだろう。

「遅くなりました」

竜之助が声をかけて、店の中に入ると、

「え？　もう来たのか？」

先輩の同心で、定町廻りの矢崎三五郎《さんごろう》が、呆《あき》れたようにこちらを見た。

「矢崎さん、おいらは追跡のほうですか？」

「いや、もう無駄だ。おいらたちも一通りこの周囲を捜したが、影もかたちも見えなかった。どうも舟で逃げたらしい」

「舟で……やはり南蛮小僧ですか？」

「ああ。今度のは凄《すご》いぞ」

「なにがです？」

「まあ、現場を見てみようぜ」

矢崎も、駆けつけてから、まずは盗賊の足取りを追うのが先だったらしく、現場をじっくり眺めるゆとりはなかったらしい。

裏庭に来た。

十坪ほどの殺風景な庭である。

「これは……」

竜之助も驚いた。

たしかに凄い。裏の土塀が崩れていた。

その壊れっぷりが、つるはしを叩きつけて崩したとかいうのではない。ギヤマンの瓶が落ちて割れたみたいに、壁がいくつかの破片となって転がっている。恐ろしく強い力が、いっきに加わったりしないと、こんな壊れ方はしないのではないか。

さらに、庭にある蔵の壁も壊れていた。こちらは、壁に穴が開いている。

「あるじはいるか？」

矢崎が、蔵の中を調べていた男たちに声をかけた。

「はい。わたしが浜田屋のあるじの甲右衛門《こうえもん》です」

五十くらいの歳の男が、蔵の中から出てきて言った。がっくり肩を落としている。

「どうだ、中のようすは？」

「三千両が盗まれました」

「なんと」

「蔵を壊すところを見た者はいるか？」

矢崎が瓦礫《がれき》を指差して訊《き》いた。

「ええ、わたしと、この手代の冶平《やへい》が二階の窓から見ました」

「これは爆薬でも使ったのか？」

「爆薬など使っていません」

「では、どうやってこんなことができる？」

矢崎が怒ったように訊くと、

「蒸気機関車です」

手代の冶平がそう答えた。

「蒸気、機関、車ぁ？」

矢崎は初めて聞いた言葉らしく、素《す》っ頓狂《とんきょう》な声を上げた。

するとあるじのほうが、

「そういうものだそうです。わたしも知らなかったのですが、この治平が言うには以前、浦賀《うらが》の浜で異人たちが走らせてみせたものとよく似ていたそうです」

と、手代の言葉を補足した。

「その蒸気機関車とやらは、どこから来たのだ？」

「たぶん、そっちの海のほうからです。わたしと治平ががらがらという音で目を覚まし、あそこの窓からのぞいたときは、その蒸気機関車はもう蔵の前まで来ていました。そして、前についた手で……」

「ちょっと待て。蒸気機関車とやらには、手があるのか？」

矢崎は気味悪そうに訊いた。

「はい。その手で蔵を破壊しました」

「一撃で？」

「いや、何度か殴りました。でも、あっという間に壊され、南蛮小僧はすぐに千両箱を蒸気機関車に積むと、去って行きました」

「なんてことだ」

矢崎は呆然《ぼうぜん》となって、竜之助の顔を見た。

南蛮小僧は妖術を使うという噂はあった。人の力では曲げられない鉄格子を曲げたり、高い寺の本堂の屋根から侵入したりしている。

奉行所側はそうした噂を一笑に付していた。動揺した者が、なにかを見間違いでもしたのだろうと。

それがついに正体を現わしたらしい。

「福川。そなた、蒸気機関車とやら知っているか？」

「絵では見たことがありますが」

蒸気機関車は嘉永《かえい》七年（一八五四）、ペルリが二度目の来日をしたとき、四分の一の模型を持って来て、横浜や江戸城の庭で実演してみせた。

竜之助は江戸城の実演を見ることはできなかったが、見た者から話を聞き、胸をときめかせたものである。

その光景を絵にしたものを、田安《たやす》の家で見ていたのだ。

「ちょっとそれを図面にしてもらえませんか？」

竜之助はあるじと手代に頼んだ。

「いいですとも」

二人はうなずき、準備された紙に、あるじはまず、黒く横長の箱を描いた。

「この前と後ろに、車輪がついていました」

「ほう」

「それで、このあたりで炎が上がっていたのです」

と、あるじは箱の真ん中あたりに、めらめらと上がる炎を描いた。

「この前のところに、大きな手が二つついています。これがこんなふうに上下して蔵の壁を叩きました」

あるじはそう言って、両方の手を交互に下ろしたり上げたりした。

巨大な腕をつけた黒い箱。なんとも恐ろしい怪物ではないか。

「南蛮小僧の姿は見えましたか？」

「はい。ここに乗っていました」

と、箱の後方に、かんたんな人のかたちを描いた。

「こんなものが来たのか！」

竜之助も驚きの声を上げるしかない。

庭の地面には、轍《わだち》が残っている。

竜之助は提灯の明かりを当てながら、矢崎とともにその跡をたどってみた。

轍は蔵の前から後ろ向きに下がったらしい。ゆるく弧を描いて外に出たあと、ふたたび前方に向きを変えている。

「矢崎さん。こっちに行ってますね」

「ああ」

轍は、川の岸で途切れた。

「舟が泊まっていて、そこに乗ったみたいです」

「そうだな」

この川は、江戸湾から船荷を入れるための運河らしい。すぐ先は海である。

いまは満潮時で、岸近くでたぷたぷと波音がしている。

「あっちは行き止まりですか？」

竜之助は矢崎に訊いた。

「ああ。ぶつかるところにあるのが、薩摩《さつま》藩の中屋敷さ」

矢崎は途方に暮れたような顔で言った。

二

朝、竜之助がへとへとになって八丁堀の役宅にもどって来ると、やよいがいない。

飯は炊き上がっているが、かまどにのったままになっている。かまどはちゃんと火の始末をしているから、うっちゃって飛び出したわけではない。

棚の箱には、もみがらの中に入った卵が何個かある。

それとざるに名前の知らない菜っ葉がある。これはおそらく味噌汁の具にするつもりだったのだろう。

このほか、朝飯にはたいがいタクアンと納豆がつくが、納豆は朝、そこらを通る納豆売りから買っているのだ。いまの時刻だと、もう通り過ぎてしまったのではないか。

タクアンは、どこか下のほうから出していたような気がする。台所の地面の下あたりに埋めてあるのかもしれない。

「ふうむ」

竜之助はなんだか途方に暮れたような気持ちになった。

やよいが家にいないというのは、なにか目に見えているものが半分くらい無くなったような気がする。

――誰かに襲撃されたのか？

竜之助は、ときおり秘剣〈風鳴《ふうめい》の剣〉を倒したいという剣客に襲われる。そんな一人が、いきなり住まいを襲撃したという事態も、無きにしもあらずである。

だが、家中見回しても、そんな気配はない。

やよいは相当腕が立つ。どんな敵に襲われようが、一刀のもとに斬られるなどということは、まずあり得ない。

戦いの痕跡《こんせき》がないのは、知っている者が呼びに来たのだ。そうなると、考えられるのはただ一つ。

――田安の家から呼ばれたのだろう。

もしかしたら、そろそろ家にもどせという話が出てきたのかもしれない。やよい、なんとかしろと、いまごろは用人の支倉辰右衛門《はせくらたつえもん》に厭味《いやみ》でも言われているのだろう。

眠いが腹も減っている。つくってもらった竹筒のおかゆは、歩きまわっているうち食べてしまった。

――自分でつくるか。

とはいえ、味噌汁のつくり方などほとんど知らない。まあ、水に菜っ葉と味噌を入れて煮立たせるだけだろうが、火は落としてあるし、味噌の加減もわからない。

——飯に生卵をかけて食うか。

どんぶりに飯をよそい、真ん中をへこませ、ほかにおかずがないから生卵を二個割って落とし、しょう油を入れてかきまぜた。

これをいっきにかき込む。

うまいの、なんのって。卵かけご飯くらいうまいものはない。

おかわりをし、また生卵二つで食べた。

すると、急に猛烈な眠気がやって来て、布団を敷くのも面倒なので、押入れに入り、布団のあいだに入って寝た。

半刻（一時間）は寝ていないはずである。

「竜之助さま」

誰かが玄関で呼んでいる。

男の声である。眠くてたまらないので、

「やよい、出てくれ」

と言ったが、そういえばやよいはいないのだと気がついた。

押入れの布団のあいだから出て、玄関に向かうと、呼んでいたのは蜂須賀《はちすか》家の用人である川西丹波《かわにしたんば》だった。

「あ、朝早くに申し訳ありません。もしかして、徹夜明けでしたか？」

竜之助が外を歩くときの恰好《かっこう》なので、そう訊いたのだろう。

「うん、いいんだ。それより、どうかしたのかい？」

また美羽《みわ》姫がいなくなったのだろうか。

あの姫はしょっちゅういなくなる。もしかしたら、江戸の町を使って隠れんぼ遊びでもしているのかもしれない。

なまじ許嫁《いいなずけ》になっているため、捜さないわけにはいかない。じつに困った姫さまなのである。

「はい。じつは昨夜遅く、当家に矢文《やぶみ》が打ち込まれまして」

「矢文とはまた古風だな」

「とんでもない文でした。これを」

川西はその文を竜之助に見せた。


江戸の方々から金を集めている。

蜂須賀家からは千両ほどいただくつもり。

明日の晩。どちらの屋敷にうかがうかは、まだ決めかねておる。

存分に警戒なさるがよい。　南蛮小僧

「なんてこった」

「竜之助さま。南蛮小僧というのは、いま、世間を騒がせている盗人でございましょう？」

「ああ、そうだよ」

昨夜も芝に出現し、さっきまでその探索で動きまわっていた。

それを言いたかったが、調べのことは無闇に洩《も》らせない。

「ほんとに来るでしょうね？」

「それはなんとも」

南蛮小僧の予告はあてにならない。

出ると言って出ない。だが、ほんとに出るときもある。

こっちに出ると言っておいて出ない。それで別のところに出る。あるいは予告どおりに出たこともあれば、三日後になったりもする。

どうせなら、予告などやめてもらいたい。逆にこれで翻弄《ほんろう》されているのだ。

「わたしは、出そうな気がします。それも、鉄砲洲《てっぽうず》の下屋敷に」

「思い当たることがあるのかい？」

「いえ、とくには。なんとなくそんな気がすると、美羽姫さまもおっしゃっていました」

「美羽姫がね」

あの姫の勘はバカにできないかもしれない。

「だが、すべての屋敷で警戒するんだろう？」

「それはもちろんですが、竜之助さまに鉄砲洲の下屋敷を守っていただけないかと、美羽姫さまから……」

川西丹波がそこまで言ったとき、

「あ、竜之助さま、急な用事で出かけて申し訳ありません」

やよいがもどって来た。

怪我をしたようすもなければ、叱られてしゅんとしたようすもない。いつもどおりの、色っぽいやよいである。

「お客さまでしたか」

「うん。やよいは初対面か？」

「おそらく」

「ほら、美羽姫の屋敷で用人をしている川西さんだよ」

「あ、お世話になっています」

やよいは慌てて頭を下げ、

「竜之助さま。こんなところで立ち話を？」

「あ、そうか」

玄関口で立ち話をしていた。

蜂須賀家の用人といえば、世間ではお偉方扱いされておかしくない。それを奉行所の同心が玄関口で立ち話はまずかったかもしれない。

「いや、お女中、気になさるな。わしは竜之助さまにお願いごとがあって来ているだけで、ゆっくりしている暇はないのだ」

川西は慌てて手を振った。

「蜂須賀家に、南蛮小僧の予告が来たんだそうだ」

竜之助はやよいに言った。

「まあ。いつでございます？」

「今日の晩、蜂須賀家のどこかの屋敷に入ると」

「それはまずいですね」

「なんで?」

竜之助が訊くと、やよいはひどく困った顔をして、

「竜之助さま。ちょっと」

と、わきへ引っ張って、

「田安のお屋敷にも南蛮小僧の予告がきたのです」

「なんだって?」

「大事なものをいただきに参りますと」

「大事なもの?」

金ではないのか。漠然としていると、かえって守りにくい。

「それも、今晩入ると」

「北の丸に入るってのかい?」

「いえ。霊岸島《れいがんじま》の下屋敷のほうへ」

「なるほどな」

この盗人、いろいろ田安の家のことは調べてあるらしい。

田安の家はほかに深川《ふかがわ》や四谷《よつや》にも下屋敷があるが、ここがいちばん侵入しやすいはずである。

霊岸島の突端にあたり、周囲はほぼ大川《おおかわ》に囲まれている。さらに、その川の水を引き込んで、池がつくられてあったりする。舟さえ着ければ、どこからでも侵入できそうな立地なのだ。

——そこまで見通しているとすると……。

まだ断言はできないが、南蛮小僧の正体が町人だという筋は薄い気がする。

「それで支倉さまから竜之助さまを連れて来てくれと、いま、厳命を受けてきたところです」

「なんてこった」

竜之助は川西を見た。

「どうなさいました、竜之助さま？」

「駄目だ、あんたのところには行けねえよ」

「ど、どうして？」

「田安の家にも予告状が届けられたんだと」

竜之助はサラリとそう言った。

「なんと」

「ま、田安は人も多いから、あんたのところに行ってもいいんだが」

「いや、それはいけません」

川西は慌てて止め、

「こんなときに竜之助さまの加勢をいただいたら、支倉さまにいったいどれだけ叱られることか」

「まあ、たぶんな」

叱るというか、厭味を言うというか、さぞやねちねちと言われつづけることだろう。

「ここは諦めます。そうですか、田安のお家まで」

川西まで驚いたようだった。


夕刻――。

竜之助はやよいとともに、霊岸島の田安家下屋敷に入った。同心姿ではなく、地味な着物に着替えた。

ひさしぶりの下屋敷である。

ふだんはほとんど人けのないところだが、今宵は北の丸の屋敷からも、二十人近い家来が警戒に来ている。

文倉は遅れているが、まもなくやって来るらしい。

竜之助は一通り庭を見てまわった。およそ一万三千坪もある庭で、池もあれば森もある。これほど入りやすいところもない。

「やよい。ここに南蛮小僧が狙うほどの金はあるのか?」

「いえ。ここにはたいした金子《きんす》は置いてないそうです」

「ふうむ」

竜之助は首をかしげた。

「でも、襖絵《ふすまえ》だとか、仏壇なども、お金にしたら相当な額になるそうです」

「そんなもの、南蛮小僧が狙うか?」

「では、ただの脅しとか、からかいでしょうか?」

「なんとも言えねえな」

「文倉さまは、一橋《ひとつばし》さまや清水《しみず》さまのところにも同じような文がいったのか、お聞きしてくるとおっしゃってました」

「そうか」

日没から半刻ほどしたころだった。

ふいに大声が上がった。

「火が出た！」

「早く水を！」

廊下をばたばたと走る音がする。

母屋の北の外れにいた竜之助は、廊下に出た。

「火はどこだ？」

「表門のほうらしいです」

竜之助は二階に駆け上がり、窓から外を見た。

どうやら、塀の外で火が燃えているらしい。門番や小者たちが桶を持って門から出て行くのが見えた。

「若さま、どうしましょう？」

やよいがそばに来て訊いた。

「囮《おとり》だ。むしろ、反対側を警戒しよう」

「わかりました」

竜之助とやよいは庭に出て、表門とは逆の大川に面したあたりに向かった。

このあたりはひっそりとしている。

提灯も消し、動かずにじいっと闇に目を凝らした。

月明かりはほとんどない。

真っ暗である。

侵入者はどうしたって明かりを点《つ》けずには動けない。

小さな明かりもなければ、音もしない。

四半刻（三十分）ほどして、

「誰も来ないな」

と、竜之助は言った。

「ええ」

「やよい、さっきの騒ぎがどうなったか、確かめてきてくれ」

「わかりました」

やよいはまもなくもどって来て、

「火を消しただけで、とくに異変はなかったようです」

「そうか」

「支倉さまがお見えになっていて、若さまにご挨拶したいと」

「わかった。引き返そう」

母屋にもどると、

「若。ありがとうございます。やはり、お家のことはご心配なのですな」

文倉は目をうるませて言った。

「お家のことがどうこうより、おいらは町方として南蛮小僧を追いかけてるんだぜ」

「そう冷たいことをおっしゃいますな」

「さっきの火事騒ぎだが」

「はい。わたしがここに着くと、ちょうど塀が切れるあたりで火が上がりましてな」

「人影は見なかったかい？」

「ええ。とくに怪しげな者は見当たりませんでした」

「おいらはてっきり囮かと思って、裏手を警戒していたんだが、なんともなさそうだぜ」

「そうですか。わたしもいま、ざっと屋敷内を見てまわりましたが、とくに変わったことはありませんでした」

「一橋や清水ではどうだった？」

「ええ。文が来たそうです。やはり下屋敷に入ると」

「へえ」

竜之助は首をかしげた。

どうも南蛮小僧の狙いが読めない。

それだけ、やることが巧妙なのだ。

「おいらは昨夜も寝不足でさ。悪いが寝かせてもらう。もちろん、なんかあったら起こしてくれていいぜ」

竜之助はそう言って、布団を敷いてもらった。

たちまち眠りに落ちて――。

朝の光とともに目を覚ました。

「爺《じい》、どうだった?」

竜之助は、火鉢の前でうとうとしていた支倉に訊いた。

「なにごともなかったですな」

「本当にどこも破られていねえのかい?」

「ええ。いまも見てまわりましたが、なんの異変もありません」

「ふうむ」

だが、奇妙な火事騒ぎはあったのである。あれは、なんのためだったのか……。

三

田安家の下屋敷から、南町奉行所に行く途中、美羽姫のことがふと心配になった。

興味本位で危ないことにも首を突っ込んでいく。南蛮小僧が現われるとなったら、なにをしでかすかわかったものではない。

役宅にもどるやよいと別れたあと、竜之助は鉄砲洲の蜂須賀家下屋敷に立ち寄ってみた。すると、用人の川西丹波は落胆のあまり寝込んでしまったという。そのかわりに美羽姫が直接やって来て、

「入られたのです」

と、憮然《ぶぜん》とした口調で言った。

「え？　南蛮小僧に？」

「はい。庭の隅の蔵に隠しておいた金千両がまんまと奪われました」

「なんと」

竜之助は、屋敷の庭へ入れてもらい、破られたという蔵を見せてもらうことに

した。

「向こうです」

美羽姫が先に立って案内してくれる。

美羽姫が飼っている生きものの小屋が並んで、そこからいろんな鳴き声が聞こえている。

「塀は壊れていませんね？」

「ええ。塀はどうにもなっていませんよ」

「だが、蔵が破られたのでしょう？」

「破られたといっても、壁を壊されたとかいうのじゃありませんよ」

「蒸気機関車が出たのではないのですか？」

「蒸気機関車？　そんなものは知りません」

どうもおかしい。

蔵の前に来た。

「なんともありませんね」

「いいえ、屋根が破られていました」

「屋根ですか」

「賊はそこから入り込み、千両箱の中身千両を奪って逃げました」

蔵は生きものの小屋が並ぶ先にぽつんと建っている。

その周囲をまわってみる。

「梯子《はしご》をかけたような跡はないですね」

屋根から途中まで縄が垂れているのも見えた。だが、短く、下からこれを伝って上るのは無理だろう。

「ないですよ。だいいち、昨夜はこの周りに四人の家来が寝ずの番をしていました。梯子などかけていたら、すぐに見つかります」

「では、どうやって屋根に?」

「軽気球です」

「軽気球?」

「竜之助さまはご存じないのですか?」

「聞いたことはあるような気がします」

「わたしが絵を描いてみせましょう」

と、美羽姫はふいにしゃがみ込み、落ちていた棒っ切れをつまんで、地面に絵を描いた。丸い玉があり、その下に三本の線を引き、下に四角い箱。

「この四角い駕籠《かご》に南蛮小僧が乗っていました」

「これをほんとに見たのですか？」

「見ましたよ」

「姫さまも？」

「わたしは向こうの二階から見ました。夜明け前でしたが、騒がしくなったので、窓を開けてみたのです」

「軽気球は浮いていたのですね」

「軽気球は暗くてはっきりとは見えませんでした。でも、男が乗った四角い駕籠が、向こうの海のほうへ消えて行きました」

「なんと」

竜之助は唖然《あぜん》として、美羽姫が指差したほうを見た。

四

「誰か、蒸気機関車や軽気球のことに詳しい人は知らねえかい？」

と、竜之助は岡っ引きの文治《ぶんじ》に訊いた。

「蒸気？　機関車？　軽気球？」

「わからねえだろ。おいらだってわからねえ」

「南蛮のものでしょう?」

「そうだよ」

「その手のことは、知ってるやつも大っぴらにはしてませんからね。いつ、お咎《とが》めがあるかもわからないですし」

「そうだよな。やっぱり、横浜あたりに行かないと駄目かなあ?」

「いまからですか?」

「うん。でも、一日費やしちゃうし、たとえ行ったとしても、そういう人が見つかるとも限らねえしな」

するると、文治はぽんと手を叩き、

「そういうことは、お佐紀《さき》に訊けばいいじゃないですか?」

「そうか。その手があった」

瓦版屋のお佐紀は巷《ちまた》の事情に通じている。自分が知らなくても、それについて詳しい人というのを見つけてくるのだ。

さっそく文治といっしょにお佐紀の家を訪ねた。

家の前に立つと、手に帳面と矢立てを持ったお佐紀が出て来て、

「あら、福川さまにお寿司の親分」

「出かけるところだったのかい。間に合ってよかったぜ」

「あ、わたしも福川さまにお会いしたかったんですよ。例の南蛮小僧の件で」

「なるほど。おいらもそれを訊きたかったんだが、どうしてだい？」

「蒸気機関車が出たっていうんでしょ。ほんとなんですか？」

「店の連中はそう言ってるんだが、どうもわからねえんだ。おいらもその蒸気機関車について詳しい人の話が訊きたいんだけど、お佐紀ちゃん、誰か詳しい人を知らないかい？」

「知ってます」

「ほう。案内してくれねえかい。そこでおいらの話を聞いていれば、知りたいことも自然にわかると思うぜ」

「わかりました。では、行きましょう」

昌平橋《しょうへいばし》を渡って、神田《かんだ》の須田町《すだちょう》に入り、ちょっと左に行ったあたりである。

小さな鍛冶屋《かじや》の前で、お佐紀は立ち止まった。

「こんにちは。親方、銀《ぎん》ちゃんに訊きたいことがあって」

「よう。瓦版屋のねえちゃんだ。銀二《ぎんじ》！」

出てきたのは、ここの倅《せがれ》である。

お佐紀によると、銀二の歳は十七。おやじのあとを継いで修業中だが、妙なものに魅せられてしまった。

それが蒸気機関車。鍛冶屋の仕事はあまり熱が入らないが、その蒸気機関車のことばかり考えている。

お佐紀は、柳原《やなぎはら》土手《どて》の川原で、妙なものを動かしている銀二を見かけ、話を聞いたことで知り合ったらしい。町のようすを詳しく見てまわることでは、定町廻りの同心もかなわないくらいである。

お佐紀から紹介された竜之助が、一昨日の晩の話をすると、まだ瓦版などの騒ぎっぷりは知らなかったらしく、

「蒸気機関車が出たんですか！」

と、目を丸くした。

「見た者はそう言うんだよ」

「へえ」

「これを見てもらいてえ」

と、竜之助はあのとき浜田屋のあるじが描いたものの写しを見せた。原物は奉

行所に置いてある。

「これがですか？」

「そう。見たままを描いてもらったんだよ」

「この手で蔵を壊し、逃げて行ったというんですか？」

「ああ、そうらしいんだ」

銀二はこの絵を見つめたが、すぐに、

「これは蒸気機関車じゃないですよ」

鼻で笑うように言った。

「なんでわかるんだい？」

「なんでもなにも、まったくでたらめです」

「詳しく教えてもらいたいんだがね」

「蒸気機関車というのは、すべて鉄でできています。当然、ものすごく重いものになっています。そのため、蒸気機関車が走るのは、やはり鉄でできた線路の上だけに限られるのですよ」

「線路？」

「鉄でできた二本の細い道です。その近くに線路がありましたか？」

「いや、そんなものはなかったね」

「江戸の町を蒸気機関車が走っても、すぐに車輪がめりこんでしまい、走ることはできませんよ」

「なるほどな。だが、走るのは無理だとしても、塀や蔵を壊した力は蒸気のものなんじゃないか?」

ふつうの力では、あんな壊し方はできないはずなのだ。

「ううん、やっぱり変ですよね」

銀二は首をかしげた。

「なにが?」

「ここから炎が上がってますよね」

「蒸気機関というのは、石炭を焚《た》いて走るんだろ。その火じゃねえのか?」

「ただ、石炭を燃やしたから、車が動くわけではありませんよ。水を熱して蒸気を発生させないといけません。それなのに、こんなふうにして石炭を燃やして、どこで蒸気を出すんですか?」

「火の下のほうに水を貯めてるんじゃねえのかい?」

と、竜之助は言った。

「いや、そんな勿体《もったい》ないことはしませんよ。こうして火を外に向けていたら、熱は無駄になってしまいます」

「では、これは？」

浜田屋のあるじたちが見たものはなんだったのか。

「おいらには見当もつきません」

銀二は首をひねるばかりだった。

五

やっぱり浜田屋に出たのは、蒸気機関車などではない。もう一度、浜田屋の話を確かめなければ……。

そう思いながら、竜之助が銀二の鍛冶屋を出たころ――。

江戸城大手門内は、騒然としていた。

ことの起こりは駕籠の置きっぱなしだった。

お城まで駕籠でやって来た大名たちは、大手門をくぐり、本丸に入る下乗《げじょう》御門の手前で駕籠を下りる。

このため、大名の登城日などは、ここらはあるじの帰りを待つ駕籠や家来たちで混雑した。

だが、この日は決まった登城日ではなく、駕籠の数は少なかった。

その駕籠は、下乗御門の真ん前に、やたらと目立つように置きっぱなしになっていた。駕籠には葵《あおい》の紋が描かれている。

「なんだ、あれは。邪魔臭いな」

「だが、あのご紋では、どかすわけにはいくまい」

警護の武士もしばらくは遠慮していたが、どうもようすがおかしい。何人かと相談し、

「もし」

と、声をかけた。

返事がない。中に人のいる気配もない。だが、気分でも悪くして、気を失っているのかもしれない。

周囲にはかつぎ手もいなければ、誰一人いない。

「どうしたのだろう」

迂闊《うかつ》に開けられないので、この部署の頭《かしら》を呼んできた。

「どうなされました?」

と、門衛《もんえい》の頭が駕籠の戸を開けると、座布団の上に、文が置いてある。表には「告」と書いてあるだけである。

「これは……」

なにかただならぬ気配がある。

さらに人が呼ばれ、江戸城留守居役に立ち会ってもらったところで、この文が読まれた。

市中に移した幕府の隠し金を頂戴いたす。

充分に警戒なされるがよい。南蛮小僧

「こ、これは？」

お城の留守居役も、いま世間を騒がす盗賊の話は聞いている。

だが、まさか江戸城に現われるとは夢にも思わない。

「この駕籠はどうしたのだ？」

留守居役は警護の武士たちを見回した。

「朝早くに来て、しばらく駕籠をかつぐ者たちもいたのですが、いつの間にか誰もいなくなっていました」

「葵の紋ではないか」

「はい。それでしばらく声をかけるのをためらっていました」

それは無理もないのである。

留守居役はうなずいて、

「どこの葵のご紋だ？」

葵の紋と一口に言っても、三つ葉葵の紋は少しずつ微妙に異なっている。将軍家のそれと、各ご三卿の家やご三家も違うし、さらにはあまたある松平家と、どれもそれぞれ違う。

これをすぐに判別できる者はほとんどいない。

「さあ」

皆、首をかしげたが、

「そういえば西の丸の門衛に一人、この差異がわかる者がいます」

特殊な能力だろう。

すぐにその男が呼び出され、一目見て、

「このご紋は、田安さまのものです」

と、断言した。

すぐさま北の丸の田安家から用人の支倉辰右衛門が数人の家来とともにやって来て、これを見るや、

「あっ」

昨夜の騒ぎのわけをようやく理解した。

支倉が下屋敷に着いたとき、ちょうど火事騒ぎが起きたのだ。中から水桶を持った者が飛び出して来たりして、しばらく門前はごった返した。

そのとき、支倉は確かに駕籠をそこで下り、そのまま脇の小さなくぐり戸から中へ入ったのだった。

「あのとき盗まれたのに違いない。やはり、昨夜、盗まれたものはあったのだ」

「この駕籠が狙いだったのですか」

「そうじゃ」

支倉は中に置いてあったというものについても、中身を知らされた。

「なんと、市中に移した幕府の隠し金を」

田安家の駕籠を使って、江戸城の真正面に置かれた脅迫状。

小僧を名乗ってはいるが、この盗賊は、ねずみ小僧のような町人の悪とは格が

違う。

だからこそ、幕府はこの脅迫状に震撼《しんかん》した。

六

話はすこしさかのぼる。これは昨夜の日没から一刻（二時間）ほど経ったころのことである。

「あのう」

恐る恐る戸を開けて、二人の若者が店に入ってきた。

ここは、芝口南《しばぐち》。本芝《ほんしば》四丁目。東海道につづく大通りに沿った町人地の一角である。店の前に青く塗られた提灯が下がっていて、〈異国の酒　亜米利加《アメリカ》屋〉という文字が書かれていた。

「いらっしゃいませ」

店主らしき男がそう言うと、

「マハリ」

と、隣にいた女が言った。日本人にしては顔の彫りが深く、かんざしの代わりに銀の匙《さじ》を差しているのは、なんとなく異国風である。

「マハリ?」

若い男二人は不安げな顔をした。

「いや、いらっしゃいませって意味ですよ」

と、店主が説明した。

「ああ、そう」

「どうぞ、どうぞ」

若者二人は中に入り、ぐるっと店を見回した。

「ここ、できたのは最近だよね?」

「ええ、まだ三日しか経ってません」

「変わったつくりだね」

店の正面に長い板が渡され、客はこっち側に置いてある樽《たる》に座る。

その板の向こうに、店のあるじと変わった着物を着た女がいる。その後ろの棚には、ギヤマンの酒瓶がずらっと並んでいる。

「亜米利加の飲み屋はだいたいこんなふうなんです」

「へえ」

と、客二人は感心した。

「亜米利加屋って書いてあるからさ、どんな店か、ちっとのぞいて行こうと思って」

「ええ、どうぞ」

「高かったら嫌だぜ」

「そんなでもないと思います。ただ、向こうから持って来る酒ですのでね、こっちの酒といっしょというわけにはいきませんが」

「そりゃそうだ」

「ポンノ？」

女が訊いた。

「ポンノ？」

客が不安げに訊き返した。

女はうなずき、後ろの酒瓶を指差し、

「ポンノ？」

言いながら、飲むしぐさをした。

「酒飲むか？　ってことじゃねえか」

「ポンノ、ポンノ」

女はうなずき、男たちの前に置いたギヤマンの碗に、酒を注いだ。

「どれどれ、異国の酒の味は？」

男二人はゆっくりとそれを舌の上で転がした。

「へえ、爽やかな香りと甘みがあるね」

「ほんとだ。おれもそう思う」

「キーパ？」

と、女は訊いた。

これは、この状況から、「おいしい？」と訊いたに違いない。

「キーパ？　うん。キーパ、キーパ」

男たちは安心して、酒を飲み出した。

酒の碗が置かれた台の下は、板張りがしてあって、女がいる側の下のほうはのぞけないつくりになっている。このため、客は目の前の女が、帳面に筆でもって字を書いているのを知らなかった。

女はこんなふうに書き記していた。

マハリ　いらっしゃいませ

ポンノ　酒
キーパ　おいしい

まずは適当に言葉を口にする。なにせその場ででたらめにつくる言葉だから、忘れてしまうかもしれない。

もしも客が覚えていて、「ポンノ。頼むよ」などと言われ、わからなかったらまずいのである。

このため、つくった言葉はすべてここに記し、次からはこれを見ながらしゃべることにしていた。

つまり、この地球上のどこにもない言語を、女はいまからつくっていこうというのである。

「よう、姐《ねえ》さん。おれの名は甚兵衛ってんだ。甚兵衛」

「じ、ん、べ、え」

女はたどたどしく復唱した。

「こいつは善助ってんだ。善助」

「ぜ、ん、す、け」

「そう。それで、姐さんの名前は？」

甚兵衛は女を指差して訊いた。

「あ」

女はすぐ、男たちが訊かんとしたことを察したらしい。

「パイパイ」

女は自分を指差して、笑顔とともに言った。

「あ、パイパイって言うのか。へっへっへ、なんだかオッパイみたいな名前だなあ」

甚兵衛と善助は顔を見合わせて笑った。

その隙に、女が下の帳面にこう書いていたのは、もちろん気がつかなかった。

パイパイ　あたしの名前

第二章　軽気球

一

竜之助は、浜田屋のあるじと手代に問い質《ただ》したい。

本当に蒸気機関車を見たのかと。

銀二の話を聞いたかぎりでは、浜田屋に出たものが蒸気機関車だとはとても思えない。

だが、あれが蒸気機関車でなかったら、どんな力があれだけの破壊力を持つことができるのか。

あれを人がやったとしたら、夜中に大勢の男たちがつるはしやら大鎚《おおづち》やらを振り回したはずである。それで近所の住人は、なにも気がつかなかったのか。

おかしいではないか。

——もしかして茶番だった……？

だとしたら、なんのためにそんなことをするのか。

浜田屋という店も怪しいものに思えてくる。

いや、浜田屋だけでなく、ほかの被害にあった店や屋敷まで疑わしくなってくる。

京橋の天野屋、土佐藩の下屋敷、高輪の総林寺なども調べ直さなければならないかもしれない。

となると、相当やっかいなことである。

なんせ、天野屋の件は北町奉行所が担当しているし、土佐藩の内部のことを調べるのは、町方にはまず不可能である。

また、寺の調べも寺社方が協力してくれないと、できることではない。

そんなこんなしているうち、南蛮小僧は次の盗みを決行してしまいそうである。

上役の矢崎三五郎にも相談しなければならないので、一度、南町奉行所にもどった。

ところが、奉行所内が騒然としている。

何人かずつ固まって、小声で話している。ふだんなら、いまごろは外回りをしている人たちも所内にとどまっている。

廊下のところで、先輩同心の大滝治三郎《おおたきじさぶろう》と顔を合わせた。

「大滝さん。妙な雰囲気ですが、どうかしたのですか？」

「ああ。幕府への脅迫状が出た」

大滝は眉をひそめて言った。

「幕府を脅迫？」

「大胆な野郎だぜ」

「攘夷《じょうい》浪人たちですか？」

「いや、南蛮小僧からだ」

「なんですって？」

それは意外である。

泥棒がなぜ、幕府を脅かさなければならないのか。

「いまからお奉行の話がある」

「わかりました」

ぞろぞろと、大広間に向かった。

入り切れないほどになり、竜之助は廊下のほうで話を聞くことにした。

すぐに奉行の小栗忠順が現われた。

この人は、変に勿体ぶったりしないので、気持ちがいい。それは、忙しいから時を無駄にしたくないのもあるし、頭の回転が早いからでもあるだろう。

筆頭与力から今日の昼前に見つかった南蛮小僧の手紙のいきさつが話された。なんと、田安家の駕籠が置きっぱなしにされ、その中にあったという。

――あの騒ぎのときだ。

やはり、南蛮小僧は狙いがあって、田安家に接近していたのだ。

さらに、筆跡までわかるくらい正確に写しを取ったという文《ふみ》も見せられた。達筆だし、字の間違いもない。

「市中に移した幕府の隠し金？」

「そんなものがあるのか？」

「いくらくらいあるんだろうな」

「悪戯《いたずら》ってことはねえのかな？」

「わざわざ田安家の駕籠を盗んでまで悪戯をするかよ」

同心たちのあいだでひそひそ話が交わされた。

「隠し場所の警護は、すでに目付衆がおこなっているが、町方が関わらぬわけにはいかない。南町奉行所でも人員を出すようにと言われた。だが、われらとしてはなんとしても南蛮小僧の捕縛を急がなければならない。むろん、目付衆や北町奉行所にも同じ命令が下ったが、うちはいま、数日前の芝の浜田屋の件で、探索に入ったところだ。この流れのまま、捕縛までいきたい」

筆頭与力はそこまで言って、一同を見回し、

「捕縛のためのよい案があれば遠慮なく申せ」

と、言った。

「あのう」

竜之助は、遠慮がちに手を上げた。

するると、

「よっ、珍事件担当！」

「福川にぴったりかな」

と、与力や同心から声がかかり、大広間に笑いが満ちた。

竜之助が困った顔をしていると、

「福川。遠慮なく申せ」

奉行の小栗が言った。

「はい。警護というのはやめたほうがよいのではないでしょうか？」

と、竜之助は言った。

「ん？　どういう意味だ？」

小栗が訊いた。

「その隠し場所というのは、かなり知られているのでしょうか？」

「いや、幕閣もほんの一部。ほとんどの者は知らない。知っているのは、わしを入れて十指にも満たない」

「隠し金ですからそうでしょうね。ですから、当然、南蛮小僧も知らないと思うのです。それを、脅迫状があったからと慌てて動けば、隠し場所を知られてしまいます」

竜之助がそう言うと、大広間にかすかなどよめきが走った。

「ううむ。南蛮小僧は知らないで脅してきたというのか」

と、小栗が呻《うめ》くように言った。

「隠し金の存在については、どこかで知ったのかもしれません。あるいはちょっとした手がかりから思いついたのかもしれません。このようなとき、お城の軍資金を分散し、一部を使いやすいよう、市中に移しておくことは容易に予想できます」

「なるほど」

「だいいち、知っているなら予告などせずに、いきなり襲うのではないでしょうか？」

竜之助のこの言葉には、

「たしかに」

「わざわざこっちに警護を強化させる意味はないな」

「ほんとにやる気なのかな」

「悪戯ってことか？」

といった声が上がった。

だが、筆頭与力は、

「いや、待て、待て。南蛮小僧はいままでもこれ見よがしに盗みを予告してきたではないか。隠し場所を知っているかもしれぬぞ。それなのに、警護を強化しなかったら、易々《やすやす》と奪い去られてしまうではないか」

と、不安そうに言った。

「そのときは奪われましょう。それから取り返せばいいのです」

「そ、それは」

「幕府の隠し金であれば、数万両という多額の金でしょう。そんなものはそうそう使い切れるわけはありませんし、大きな金の動きは町奉行所でも見張ることができます。充分、下手人に迫ることはできるはずです」

「面白い」

小栗がぽんと手を打ち、

「だが、福川。動かずにいたらどうなる？　諦めるか？」

「いえ。ご存じの方から訊き出そうとするかもしれません」

「ほう」

「隠し金のありかをご存じの方は？」

竜之助は小栗に訊いた。

「ほんの一握りだ。名は言えぬが、老中も一人だけ、若年寄も一人、それと大目付」

「はい」

「それに新しく設置された金蔵《かねぐら》奉行という職種の者は知っている。あとはわしと、北町奉行だけ。もちろん、若干の警護の者はいるが、なんだかわからずに守りについているだけだ」

となると、知っているのは全部で六人である。

「ほかの方々を特定するのは難しいでしょうが、もし、隠し金のことで動くとしたら、金蔵奉行に南北の町奉行なら知っているだろうと見当をつけるのではないでしょうか。とすれば、このお三方は、隠し金のありかを探るため、襲われる恐れがあります」

「なんと」

「全員を護衛せねばなりませぬ」

「わしと北町奉行は大丈夫だろう」

「そうですね」

「金蔵奉行の田上八之助《たがみはちのすけ》が危ないか」

「はい。腕の立つ者を三人ほど付けてもらえばよろしいのでは」

竜之助がそう言うと、

「たった三人？　桜田門外《さくらだもんがい》の襲撃のことを考えたら足りまい」

筆頭与力が言った。

「いえ、南蛮小僧はそれほど大勢はいないでしょう」

「ほう」

「もちろん、南蛮小僧などとねずみ小僧を模したように名乗っていますが、おそらくは武士」

「なんと」

「幕府に強い恨みを持っているように感じられます」

竜之助は自信ありげに言った。

「よし、わかった」

小栗は納得し、急いでお城に引き返して、警護を強化するのをやめさせることにした。

二

大広間を出ると、竜之助は矢崎とともに芝の浜田屋に向かった。竜之助の供は文治だけだが、矢崎はほかに小者を二人連れている。

道々、鍛冶屋の銀二に聞いた話を矢崎にした。

「蒸気機関車ではないとな」

「はい。誤解でないとすれば、茶番の疑いもあります」

「なんのために?」

「いちばんの狙いは幕府の隠し金。それを奪うために、伏線を張ったのかもしれません」

「伏線?」

「はい。南蛮小僧はとんでもない西洋の機械を使って、大金を奪い去ってしまう。それを防ぐにはよほどの警護が必要になると思わせたかったのでは? あるいはまだほかになんらかの思惑があるのかもしれませんね」

「では、いままでの盗みも?」

「すべて茶番かもしれません」

「なんてこった」

矢崎は啞然として、

「だが、待てよ。隠し金の場所を知らなかった南蛮小僧が、われらを引っかけて警護の人員を増やさせ、場所を知ったとするぞ」

「はい」

「そのときは、大勢の警護の者に守られてしまっているのだ。それでは奪いようがないではないか」

「ですよね」

「なんだよ」

「もしかしたら、今度こそ、それを奪えるくらい大がかりな仕掛けを用意しているか、あるいは……」

「あるいは、なんだよ？」

「戦争のようなことになったとき、奪えればいいと思っているのか」

「……………」

あまりのたいそうな話に、矢崎は声を無くした。

「たぶん、お奉行も言えないことがあり、まだわからないことがいろいろ隠れているんでしょう」

「なんだか今度の件は厄介《やっかい》そうだな」

「ええ。なにせ、幕府の隠し金にまつわることですのでね」

芝の浜田屋に着いた。

文治はそこから近所の聞き込みにまわった。

あるじを呼んでくれるように言い、出て来るのを待っていると、裏手に向かう通路のほうから、左官の職人たちが何人も出てきた。

「あ」

竜之助は顔をしかめた。

「どうした、福川?」

矢崎が訊いた。

「遅かったかもしれません」

左官のあとからあるじの甲右衛門と、手代の治平が出てきた。

「これはお疲れさまにございます」

「もしかして、すでに修復を?」

竜之助が訊いた。

「はい。壊れたままにしておきましたら、次の盗人にも入られてしまいますので」

急いで裏庭に向かった。

だが、塀も蔵もきれいに修理が済んでいた。賊が入った痕跡《こんせき》などまったくわからない。

「壁などの破片はどうした？」

と、竜之助は訊いた。

「粉々にしてもう一度、塗り固めました。それがなにか？」

「うん。割れた面をもっとよく見たかったんだよ」

「なんのために？」

「あんなにきれいに割れるのかと思ってさ。まるで、もともと割れていたものを、かんたんにくっつけておいたみたいだったぜ」

竜之助はあるじと手代を交互に見ながら言った。

「あっはっは。同心さまも面白いことを考えられますな」

慌てたようすはない。

「ほんとに蒸気機関車だったのか？」

と、今度は矢崎が訊いた。

「ほんとかとおっしゃいますと？」

「いろいろ蒸気機関車について調べたんだが、あんたたちが見たやつが本物の蒸気機関車とは思えねえのさ」

「ううん。そう、おっしゃられても、わたしどもは見たままのことを申し上げているだけでして」

あるじはしれっとした顔で言った。

近所の者にも話を訊いてまわると、何人かが黒いものが通り過ぎるのを見かけていた。

「音はしたかい？」

「はい、がたがたと音がしてました」

運河のそばに住む漁師が言った。

「臭いは？」

蒸気機関車は石炭の煙を吐きながら走るので、凄く臭いらしい。

「いや、とくには」

「なんだと思ったんだい？」

「朝早く漁に出るやつが、新調した網でも運んでいるのかと」

漁師はのんびりした口調で言った。

本当に蒸気機関車が目の前を通って行ったら、もっと仰天するのではないか。

「福川さま」

矢崎と竜之助が掘割のところに立っていると、文治がもどって来た。

「浜田屋は、昔から薩摩藩邸の御用達をつとめているそうです」

「薩摩の……」

ペルリの来航をきっかけに、日本国中が激動の様相を呈してきたいま、長州《ちょうしゅう》とともにもっともその動きが注目されている藩である。

「面倒なことにならないといいがな」

矢崎がぽつりと言った。


矢崎と別れて、竜之助は文治とともに高輪の総林寺に向かった。

「ここだな」

海を見下ろす高台にある大きな寺である。ここでは、改修用の資金二千両が奪われたらしい。

本堂の屋根が破られたという。

「あれが本堂だろう？」

竜之助は前の道から指差した。

「そうですね」

「ずいぶん高い屋根だぜ」

「どうやって上ったんでしょうか」

よほど長い梯子でもかけないと、上れそうもない。

「軽気球ならやれるだろうがな」

「軽気球ねえ」

銀二は、蒸気機関車については詳しかったが、軽気球のことはなにも知らなかった。同じ西洋の利器でも、鉄を使っているかどうかがミソらしい。

文治がお佐紀に頼み、また軽気球に詳しい人間を調べてくれている。

まったく奉行所より心強いくらいである。

「破られたという穴を見てみたいが」

「ここんとこ寺社方がうるさくなっているらしいですね」

「そうなんだよ」

大滝が南蛮小僧に入られたという話を聞いたので、この寺に現場を見せてくれと掛け合ったが、にべもなく断わられたらしい。

立っていると、中からほうきを持った小坊主が出てきた。

大海寺《たいかいじ》の狆海《ちんかい》によく似た、こまっしゃくれた感じの小坊主である。

「やあ、和尚《おしょう》さん」

竜之助が冗談ぽく声をかけた。

「え？　あたしが和尚さんに見えますか？」

「なかなかの貫録だよ」

「うっふっふ。お世辞が上手なお侍さんですね」

まんざらでもなさそうである。

「なんでも大泥棒に入られたそうだね」

「そうなんです。バチ当たりの泥棒もいたもんですよ」

「本堂に大穴を開けられたって聞いたけど、ほんとかい？」

「大穴ってほどじゃないですよ。人が一人くぐり抜けられるかってくらいの穴なんですよ」

「そうだったのかい」

「でも、あれ、ほんとに上から破ったのかなあ？」

小坊主は首をかしげた。

「どうしてだい？」

「中二階の上に穴があるんですが、ちょうどいいところなんですよ。屋根の上からよく、金庫のある場所がわかったなあって思ったくらいなんですよ」

「なるほど。今一休さんとしては、上からじゃなく、下から開けたんじゃないかと思ったんだね？」

「そうなんですよ」

今一休と言われ、ますますその気になったように、小坊主は腕組みし、うなずいてみせた。

三

竜之助が高輪から奉行所にもどると、ちょうど小栗忠順が出て行くところだった。

「おう、福川。ちょうどよかった。わしはいまから会議のため評定所へ行くのだが、道々話をする。いっしょに歩いてくれ」

「わかりました」

文治を奉行所に待たせて、評定所まで往復することにした。

小栗は早足である。家来が四人と小者が二人、後をついて来るが、小栗に引き離されないよう必死の面持ちである。

家来のうちの二人は、小栗の両脇で筆と帳面を手にしている。小栗が思いついたことなどを口にすると、すぐそれを走り書きにするのだ。

それくらい、小栗は絶えず考えを巡らし、いつも仕事をしている。なにせ町奉行と勘定奉行を兼任しているくらいで、休む暇もない。

「先ほど、お城でご老中や若年寄たちに警護を強化するのはやめるよう説得してきた。納得してくれたよ」

「反対されるかと思ってました」

「なんの。その推測はもっともだという意見が多かったぞ」

「よかったです」

「まあ、いまのところいちおう警護はしているしな」

「それで、金蔵奉行の警護のほうは？」

「それさ。田上八之助が、奉行所の警護などいらぬとほざいた」

「ははあ」

「自分の腕に自信はあるし、腕の立つ家来が何人もいる。なにゆえに町方同心などに守ってもらわねばならぬ、と立腹した。悪党の手口については、われらは専門ですのでと言ったが、まるで聞き入れてはくれなかった」

「そうですか」

「田上のやつは、以前、町奉行になりたくて、各方面に根回しを繰り返したことがあった」

「そうでしたか」

「そのとき、以前の不行跡《ふぎようせき》が発覚したのさ」

「不行跡とおっしゃいますと？」

「吉原《よしわら》で、振られた花魁《おいらん》を斬った」

「なんと」

竜之助は顔をしかめた。そんな男が町奉行になどなったら、言語道断だろう。

「女は死ななかったが、そのときの噂が再燃するだろうと」

「するでしょうね」

「もう町奉行の目が無くなったとわかったら、町方に対してやたらと厳しくなった。弱ったものさ」

「……………」

呆れて返す言葉もない。

ふと、小栗はそばにいた者たちに遠ざかるように命じ、

「竜之助さま」

と、呼んだ。奉行だけは竜之助の正体を知っているのだ。

「なんでしょうか？」

「もう三月《みつき》ほどになりますか。よく、ばれずにいますな」

「そうですね」

「不思議ですな。わしはすぐにばれてしまうと思っていたのですが。ふつうに想像する若さまと、感じが違うからでしょうか？」

「ふつうはどんなふうに想像してるのですか？」

「そうですな、金ピカの着物を着ておられて、おっとりして、あまり言葉はお話しにならず、腰元を呼んでは膝枕でお昼寝をなされて……」

「それってただの馬鹿なのでは」

「あ、いや、まあ」

だが、それが正直な想像なのかもしれない。

「南蛮小僧は、蒸気機関車や軽気球も操るらしいではないか」

と、小栗は元の口調にもどって言った。

「いや、蒸気機関車は贋物《にせもの》です。軽気球についてはまだ当たれないでいるのですが」

「わしは軽気球の実物を見たぞ」

「お奉行が！　アメリカでですか？」

南町奉行小栗忠順は、万延《まんえん》元年遣米使節として咸臨丸《かんりんまる》とともにアメリカにも行っている。咸臨丸のほうはサンフランシスコから引き返したが、小栗たちはその後、ワシントンやフィラデルフィア、ニューヨークを回り、大西洋、インド洋回りで帰国したのだ。

「ああ。フィラデルフィアからニューヨークに行く途中、歓迎のため、飛ばしたのだ。軽気という、軽い気を詰めて飛ぶのさ。おったまげたものさ」

「人は乗ってましたか？」

「乗ってたよ」

「軽気というのですか」

そんなものをどこでどうやってつくるのか。

「ほかに、熱い気で飛ぶ方法もあるらしいな」

「熱い気で？」

「ああ。下から火を焚《た》いて、巨大な風船の中に熱い空気を送り込むんだ。すると、風船は空に上がる」

「燃えないのですか？」

「もちろん、燃えるほどやったら、風船は燃えて墜落してしまう。そこはうまく加減するらしい」

「なるほど」

それなら軽気をつくるよりは、簡単にできるのではないか。

「ただ、わしはほかにも面倒な交渉ごとをいろいろ抱えていてな。そっちのことを詳しく聞きただす暇がなかった。すまぬな」

「いえ」

「蘭学者の中には詳しい者がいるのではないか」

「はい。いま、調べています」

ちょうど評定所に着いた。

「じゃあ、しっかり頼んだぞ」

小栗は竜之助の肩をぽんと叩いた。

四

奉行所にもどると、文治がお佐紀からの走り書きを見せた。

「この者が、軽気球をつくろうとしているそうです」

「ほう」

住まいは、人形町《にんぎょうちょう》。留吉《とめきち》といって、なんとこんにゃく屋のおやじだという。

さっそく文治とともに留吉を訪ねた。

本当にどこからどう見てもこんにゃく屋である。

店の前の桶には、こんにゃくがいっぱい入っていて、買いに来ている客もいた。いったいこんにゃくと軽気球と、なんの関わりがあるのか。

「お佐紀の間違いってことはないですよね」

文治が不安そうに言った。

「お佐紀ちゃんなら間違いないと思うけどな」

竜之助も自信なさげになったが、

「ちっと訊きたいんだがね」

と、声をかけた。

「なんでしょう?」

「軽気球をつくろうとしてるってのは、あんたかい?」

「そうですよ。川田《かわだ》先生に聞いたんですね?」

「川田先生？」

「蘭学者で、あっしが軽気球の理屈についてうかがっている先生です」

「ははあ」

お佐紀はその人経由で辿《たど》りついたらしい。

「そうじゃないんだが、軽気球をつくろうとしてるのは本当なんだな？」

「ええ、まあね。でも、ほんとに飛べるやつはまだできねえんですよ」

そう言って、こんにゃくを買いにきた客の相手をした。

冷たいものも売っているが、鍋で煮てあって、それに甘味噌をかける田楽も売っているのだ。

ぐぐぐう。

と、腹が鳴った。

「話の途中ですまねえが、そのこんにゃくを売ってもらえねえかい。じつは、昼飯も食べずに動きまわっているんでな」

「あ、いいですよ。いえ、お代など」

「馬鹿言っちゃいけねえ。ちゃんと払うよ」

竜之助は代金を払い、串に刺した田楽を三本、皿にのせてもらった。

「うまいね」

「そいつはどうも」

「それで軽気球なんだけど、なんでつくろうと思ったんだい？」

「じつは、こんにゃくってのは素晴らしく目が細かいんですよ」

「目が細かい？」

「ええ。とろとろ煮て、まだ固まらせないやつを布に塗ったりすると、中の空気が外に洩《も》れないくらいになるんです」

「へえ」

「それで、なんか食う以外に利用できることはねえもんかと、ずっと思っていたんですがね、ペルリが来たとき、蒸気機関車といっしょに軽気球ってのを持って来たらしいんです」

「そうなのか？」

　蒸気機関車のことは聞いたが、軽気球のことは知らなかった。

「ただ、そっちはあんまりうまくいかなかったのか、蒸気機関車のほうが人気があったみたいですね」

「ほう」

「でも、あっしは空を飛ぶってことのほうに憧れちゃいましてね。いろいろ訊いてまわったんでさあ。すると、軽気をつめる風船で、軽くて丈夫なやつがいいということを知り、それなら前から思っていた、布にこんにゃくを張ったやつがいいと思ったわけです」

「自分でもやってみたのかい？」

「やりましたよ。ちょっとお待ちを」

留吉はそう言って、仕事場の隅に置いた箪笥《たんす》の引き出しから、しぼんだ風船を取り出した。

「軽気ってのは、酢に鉄を入れてつくるんですが、できた気を閉じ込めておいて、風船に移すのが難しいんですよ」

「なるほど」

「それで、軽気のほかに、熱い気を送り込んで飛ばすって方法があることも知ったんです」

「あるらしいな」

「この場合は、風船の口をこんなふうに大きくするわけです。それで、下からこんなふうに暖かい気を入れるわけですよ」

留吉は口を大きく開けた風船を取り出した。下に糸がついている。これをあらかじめふくらませるようにして、下からろうそくの火を当てるようにした。

「あっ」

なんとふわふわと浮き上がるではないか。

「面白いでしょ」

留吉は自慢げに言った。

ほんとに面白いことを考えるものである。

いままで、幕府は民を押さえつけ過ぎてきたため、こういう変幻自在の発想の若芽を摘み取っていたのではないか。

逆に、こうした案を奨励するような風潮をつくっていたら、蒸気機関などもわが国が嚆矢《こうし》となっていたかもしれない。

「要は、これを大きくすればいいわけです」

「そうか」

こんにゃくの田楽を食べ終えた。うまいし、軽気球の役にも立つし、こんにゃくはたいしたものである。

「ところが、火を燃やす加減だの、いろいろ難しいことがありましてね」

「誰か成功してはいないのかい？」

「わが国ではまだだと思うんです。なんせ目立つものですから、成功したら、あっという間に噂になりますよ」

たしかにそうである。

となると、蜂須賀家の騒ぎはどういうことになるのか。

五

竜之助は、ふたたび蜂須賀家の下屋敷に向かうことにした。ただ、こちらは文治を連れて行くわけにはいかない。正体を知られてしまうのだ。

文治には、いちばん最初に南蛮小僧が出た京橋の〈天野屋〉の周辺を探ってもらうことにして別れた。

蜂須賀家の下屋敷に顔を出すと、今日は用人の川西丹波が出て来た。なんとなく情けなさそうである。

「大丈夫かい？　ずいぶん落胆して寝ついちまったんだってな」

「そりゃあ、そうです。あれほど警戒していたのに破られるとは、まったくもって面目ないです」

「なあに、おいらだって田安の下屋敷で一杯食わされたんだ」

「そうでしたか」

「盗まれた金は取り返してやるよ。それで、軽気球のことを聞きにきたんだよ」

「まったく、あんなものを使って盗みをやられたら、防ぎようもありませんね」

「ほんとに軽気球ならな」

「どういう意味でしょう？」

「じつは、南蛮小僧が蒸気機関車で盗みに来たという話がどうも怪しいのさ。それで、軽気球も疑ったほうがよさそうでな」

「空を飛べば贋物もなにもございませんでしょう？」

「まあ、もう一度、蔵を見せてくれ」

と、中に入った。

蜂須賀家は、阿波徳島《あわとくしま》藩二十六万石。かなりの大大名である。

屋敷も、南町奉行所の隣に上屋敷があるほか、三田《みた》に中屋敷、深川や白金《しろかね》に下屋敷など、このほかにもたくさんの屋敷を持っている。

ここは一万二千坪もあり、下屋敷にしてはお城にも近く、いいところをもらったものである。

南蛮小僧が押し入った庭の隅の蔵に向かった。

途中、美羽姫が小屋でなにかしているのが見えた。

「あら、竜之助さま」

そっと通り過ぎるつもりが気づかれてしまった。

「姫さま、なにしてるんですか？」

「ヤギの乳を搾《しぼ》っているんです。お飲みになりませんか？　おいしいですよ」

「へえ、もらおうかな」

竜之助がそう言うと、

「おやめになったほうが。あんなものを飲むと、白い毛が生えてきたりしますよ」

川西が小声で止めた。

「そんな馬鹿な」

竜之助は鼻で笑って、美羽姫から茶碗に入れたヤギの乳をもらった。

「牛の乳は何度も飲んだことがある。ヤギは初めてだな」

いっきに飲んだ。

「おいしいでしょ？」

「……………」

牛の乳とはずいぶん違う。次は勧められてもぜったい飲まないだろう。

「なにか、ヤギの乳の感想をおっしゃってください」

「ところで、先夜の軽気球のことなんだが」

と、無理やり話を変えた。

「はい」

「姫さまがご覧になったのは、人が乗った駕籠だけですよね」

「はい」

「それなのに、なぜ、軽気球だとおわかりに?」

「それはわたしが駆けつけたとき、警護の武士たちが言ったのですよ。いまのは、軽気球でしたと」

「そうでしたか」

ヤギの相手をしている姫にはそのままつづけるように言って、竜之助は蔵のところに来た。

話を聞きたいので、当日、警護をしていた者を呼んでもらい、そのあいだ、屋根に開いた穴を見せてもらった。

「ふうむ」

　ここもじつに絶妙の場所に穴が開いている。下に降りやすいというか、すなわち下からも足場があって開けやすい。

　ただ、ここは蔵には違いないが、母屋から離れているせいで、物置き小屋のようになっている。ガラクタみたいなものが乱雑に詰め込まれていた。

　なぜ、こんなところに千両箱を置いたのか、それも変ではないか。

「竜之助さま。この者たちです」

　川西が二人の若い武士を連れて来た。

　若い武士たちは、なぜ川西が町方同心を「さま」呼ばわりするのだろうというような顔をした。

「ちょっと訊きたいのですが、賊は軽気球に乗っていたそうですね」

　と、竜之助は二人に訊いた。

「ええ、そうですね」

　と、うなずきはしたが、なんとなく自信なさげである。

「違うのですか？」

「じつは、はっきり軽気球を見たわけではないのです」

「え？」

「賊が自分で言ったのです。どうだ、軽気球は凄いだろう。これで天高く逃げ去ることができるのだと」

「自分で言った？」

「それで、駆けつけてきた姫さまにそう申しますと、軽気球なら追いかけても無駄だと」

「では、誰も見てないのですか？」

「真っ黒い夜空に軽気球があると言われると、じっさい巨大な軽気球があるような気になってしまうんです」

「ううむ。どうも変な話だなあ。もう一度、最初から詳しく聞かせてください。まず、ここはいちおう蔵のつくりになっていますが、あまりたいしたものが入っているようには見えませんよね」

「そうです。ふだんは物置き小屋にしていますから」

と、川西が答えた。

「でも、千両箱をなんでわざわざこんな庭の外れの蔵に置いたんですか？」

「それは、上屋敷から指令があったからです。千両箱は、母屋から動かして、庭の隅の小屋に置き、さりげなく警護の武士を置けと。こうなるなら、母屋の金庫に置くべきでした」

「上屋敷からの指令？」

「ええ。もしかしたら、曲者《くせもの》は屋敷内部に潜入しているやもしれぬ。すぐに屋敷の隅の蔵に移し、カギをかけ、腕の立つ者数名で守備せよ――江戸家老から、そういう指令が届きました」

「それは変な話だな」

「そうですか？」

「川西さんに直接？」

「いえ。ほかの中屋敷や下屋敷もまわらなければならないのでと、江戸家老の名の書状を門番に渡し、すぐにいなくなったそうです。江戸家老の名と花押《かおう》があり、筆跡も見覚えがありましたので、なんの疑いもなく……まさか、贋物？」

「おそらく」

「なんてことだ」

川西は頭を抱え、しゃがみ込んでしまった。

「それは川西さんの失敗ではないでしょう。向こうのやり口が巧みだったのですよ。ふうむ、これは相当、悪知恵の働く連中だな」

「連中？　南蛮小僧ではないので？」

「いや、南蛮小僧なんて偽りの名で、ねずみ小僧みたいなやつだとは思わないほうがいいですよ」

「そうか。くそぉ」

竜之助は、蔵の周りをぐるっと歩いた。

蔵の横は塀になっている。

「この向こうは？」

「川です。鉄砲洲川という掘割で、すぐに大川に出ます」

このあたりも深川と同様に運河が入り組んだ町になっている。舟を使えば、いろんな大名屋敷の裏手につながっていたりする。もちろん大川に出れば、霊岸島の田安家下屋敷はすぐ近くである。

六

あまり腹が減ったので、紀伊国橋《きのくにばし》の手前で夜鳴きそばをかっこみ、南町奉行所にもどって来た。まだまだやることはいっぱいある。

軽気球について少しだがわかったことがある。小栗なら興味を持つかもしれないと、奉行の部屋をのぞいてみた。

だが、吟味役の同心と矢崎三五郎が打ち合わせをしていて、小栗はいない。

「お奉行は評定所からまだもどっておられないのですか？」

と、竜之助は訊いた。

「なんでもいったん屋敷にもどるとかで」

吟味役の同心が言った。

「屋敷は駿河台《するがだい》ですよね？」

「そうだ」

「ううむ」

竜之助は思わず唸《うな》った。

南町奉行所と評定所のあいだは、すべてお城の中の道になっている。ここで襲われることはまず考えられない。

だが、駿河台に行くとなれば、城外に出る。

——ましてやあそこは……。

富士見坂《ふじみざか》という急な坂道がある。

両側は大名屋敷の側面になっていて、塀からはみ出した木々の枝が覆いかぶさるようである。富士見とは言っても、じつは昼なお暗い静かなところなのだ。坂の途中には、辻番などもない。

かつてやはり南町奉行を長く務めた根岸肥前守《ねぎしひぜんのかみ》の屋敷がすぐそばにあり、その根岸も何度か富士見坂で不逞《ふてい》の輩《やから》どもに襲われたらしい。

——危ない。

竜之助の顔色が変わっている。

「どうした、福川？」

矢崎が訊いた。

「お奉行が心配です」

そう言って、飛び出そうとした。

「待て、おいらも行く」

矢崎もいっしょに出た。

南町奉行所の名物とも言える韋駄天《いだてん》二人である。もし、二人で駕籠屋をやったら、馬より速いのではないかと言われる。

「うおぉお」

競い合うようにして走った。

大名小路と呼ばれるまっすぐの道を突っ走り、大手門前から神田橋御門を出た。

錦小路《にしきこうじ》と呼ばれる道を駆け抜けると、富士見坂に出た。

ここらは不気味なほど真っ暗である。

「こりゃあ物騒だな」

さすがに息を切らしながら矢崎が言った。

「ええ」

矢崎の懐炉《かいろ》を借りて、竜之助は手にしてきた提灯《ちょうちん》に火を入れた。御用の文字が浮かび上がる。

ほっほう。

頭上でふくろうが鳴いた。

ほかにも生きものが駆け巡るような気配がある。

「こりゃあ山奥に来たみたいだぜ」

「そうですね」

田安家の屋敷の庭も、こんなものである。

待ち伏せている者はいないか、あたりに注意を向けながらゆっくり上っていく。

「お、来たみたいだ」

坂の上に提灯がいくつか見えた。御用提灯に混じって、丸に波の紋も見える。小栗の家紋である。

矢崎が迎えに上がって行ったが、竜之助は上まで行かず、この場で下からの曲者に備えることにした。

一行が坂の半ばあたりまで来たとき、坂の上で大きな音がした。

がたがたがたがた。

という車の音である。

「なんだ！」

「車だ！」

一行の騒ぎ声も聞こえた。

曲者が上から荷車でも転がしたのか。

火が見えている。

――あれだ。

と、竜之助は咄嗟《とっさ》に思った。浜田屋に現われたというやつ。

車は凄い速さで坂を下りて来ている。

あれで小栗をはね飛ばそうとでもいうのか。一行が慌ててわきに寄ったのは見えた。

富士見坂は急だが道幅はかなり広い。

竜之助は駆け寄ろうとしたが、とても間に合わない。

車はもう一行の前を通り過ぎた。

「お奉行！」

「さらわれた！」

わめき声がする。

どうやら、小栗がすれ違いざま、あの車に乗せられてしまったらしい。

車が凄い速さで突っ走って来る。

ぎぎぎ。

という地面をこするような音もするから、速度を落とそうとはしているらしい。

車がわきを過ぎようとする寸前、竜之助は飛び乗った。

「お奉行」

「おっ」

やはり小栗がいた。

「なんじゃ、わいは？」

前にいた男が摑みかかってきた。

すばやく当て身を入れ、小栗を抱きかかえるようにして、今度は反対側へと飛んだ。

身を丸め、頭をかばうように何度か転がり、壁に当たって止まった。枯れ葉が積もっていて、だいぶ衝撃をやわらげてくれた。

「糞っ」

「逃げられた！」

車の上で悔しそうに叫ぶ声もした。

「お奉行、怪我は？」

小栗は手や足をいろんなふうに動かした。

「大丈夫みたいだな」

そのそばを矢崎が追いかけて行った。

だが、車はすでに坂を下り切って、乗っていた男たちも走って逃げてしまった気配である。

「四、五人ほどいましたね？」

竜之助は小栗に訊いた。

「ああ。あいつらは南蛮小僧ではないのか？」

「いえ、あれが南蛮小僧なのだと思います。かなり厄介な連中みたいです」

ふだんはかなり暢気《のんき》な表情の竜之助だが、険しい表情で坂下の闇を見つめた。

七

「よお、パイパイちゃんよ」

亜米利加屋のあるじが、店の女に声をかけた。

「なによ」

女が日本語で話すときは、店に客はいない。

もっとも、この店にはいつも客がいない。

「そう怒るなよ」

「だって、あんたが……」

開店して三日目に、二人づれの客が来た。このときとばかりたっぷり飲ませ、そこらの店の三倍ほどの代金をふっかけた。

男たちは渋々払ったけれど、たぶんそこらじゅうでしゃべってまわったに違いない。あの亜米利加屋って店は、べらぼうな代金を取りやがると。

だから、あれからぴたりと客足が途絶えている。

あのとき、パイパイは、「そんなに吹っかけるのはやめろ」と言いたかったのである。

ここが参拝客で賑わう場所だったりするなら、そういう商売もある。どうせ客は二度と来ない。ぼったくりに遭《あ》っても、それが旅の思い出になったりもする。

だが、ここはいくら東海道に面しているとはいえ、なんの特徴もない一角で、客になってくれるのは、この後ろ側にある町人地の連中なのだ。

それにはまず、この店は安くて安心だ、それに女の子をからかって遊んでも面白い、そういう評判を獲得しなければならない。

この新吉《しんきち》という男は、そんなかんたんなことさえわからなかった。

「いや、おれが悪かった。もう、吹っかけたりはしねえよ」

新吉は、賢いとは言えないが、根は悪いやつではない。こっちが腹を立てていると、素直に謝ったりもする。

「遅いよ。表に酒の値段を書いて貼ったほうがいいね」

「まだ、焦るなって。それより、客を呼ぶのにいい方法を考えたぜ」

「どんな？」

「いま、世間を騒がせている南蛮小僧を利用するのさ」

南蛮小僧は、ここからもすぐの浜田屋という大店《おおだな》に押し入った。そのことは瓦版などで騒ぎになっている。

「利用するって、あんた、南蛮小僧の正体を知ってるの？」

「知るもんか」

「知らないでどうやって利用するのさ」

「南蛮小僧ってのは、大店や大名屋敷に予告してから押し入るんだそうだ」

「そうらしいね」

「その予告を隣の屋敷に貼るのさ」

「隣の屋敷って、隣は薩摩さまだよ」

「ああ、そうさ。そこは抱え屋敷ってやつらしい。その薩摩さまに南蛮小僧が入るとなったら、見張るために町方の同心たちが大勢来る。いや、町方だけではねえ。瓦版屋や、野次馬も出てくる。いい金を落としてくれるに違いないぜ」

新吉はそう言って、予告の文を書いた。


ひと月以内にこの屋敷から一万両をいただくことにした。

充分、警戒なされよ。南蛮小僧

「い、一万両だって！」

「薩摩さまならそれくらいはあるだろうよ」

「それにしたって大金だよ」

「馬鹿。ほんとに盗むわけじゃねえんだぜ。だったら、話はでかいほうがいい。百万両とでもするか」

「そんなんじゃ逆に真実味がなくなるよ」

パイパイは肩をすくめて言った。

一枚では足りないと、五枚ほど書き、

「これをいまから門や壁などに貼りつけてくる」

「見られないように気をつけなよ」

「これでこの店も客が増えるって寸法さ」

新吉は南蛮小僧さながらに、悪そうに笑った。

第三章　強い酒

一

翌朝――。

竜之助は、小栗忠順をさらおうとした車を改めて検分した。あの坂の下に乗り捨ててあったものを、小者たちとともに奉行所まで引いて来たのである。

「ふうむ。これは……」

浜田屋に出現したものと似ているが、意外に小さい。荷車をすこし細長くして、車輪は四つある。荷車の車輪ほど大きくはない。

前をおおうように箱のようなものが被《かぶ》せてあるが、中は空である。もちろん人か馬が押したり引いたりしないと、動くわけがない。火が燃えていると思ったのは、火ではなく、前に下げた提灯《ちょうちん》の明かりのせいらしかった。

蒸気機関車とは、まったく違う。鉄は車軸以外かけらも使われていない。すべて木製で、荷車を改造した程度のものである。先端に手を設置したようなあともないので、浜田屋に出たものとは別物だろう。

南町奉行を拉致《らち》しようとした仕掛けにしては、すこしお粗末過ぎる。せいぜい、祭りの夜をいろどる金魚すくいの桶を並べて運ぶ程度のしろものだった。

いちおう念のため、裏までひっくり返した。

——ん？

台座のところは何枚もの板が張られているのだが、そのうちの一枚に焼き印のようなあとがついていた。

家紋だった。

それは半分で切れていて、全体を見ないと、正確な判断はできないのかもしれない。だが、半分だけ見る限りでも、その家紋は想像がついた。

丸に十字。薩摩藩の家紋だった。

竜之助は富士見坂にもう一度行ってみた。

坂を上り、車の轍《わだち》を確かめた。車は、富士見坂のわき道に隠してあったらしい。ただ、そこまでどこから持ってきたかは、轍がほかにもあって、特定することはできなかった。

さらに、これに乗っていた男たちの足取りを追った。富士見坂下はいったん左右に道が分かれるが、どちらもしばらく行くと、辻番がある。その辻番で聞いても、逃げ去るような武士は見ていないという。

「町方の同心が一人、ものすごい勢いで往復するのは見ましたけど」

どちらの辻番の番人もそんなような証言をした。これはもちろん矢崎のことだろう。

ここらはいくつも道が交差するので、それらを縫うように逃げ去ったか。あるいは、立ち並ぶ大名屋敷や旗本屋敷のどこかに逃げ込んだか。

韋駄天で鳴らす矢崎が途中まで追って捕まえられなかったのだから、よほど道を知った連中だったのだろう。

──そういえば……。

小栗を救うのに、竜之助があの車に飛び乗ったとき、わきにいた男が驚いて、

「なんじゃ、わいは？」

そう言わなかったか。

相手を「わい」と呼ぶのは、薩摩弁だったはずである。

もしも薩摩藩がからむとしたら、このご時勢ではきわめて微妙な問題になっていきそうだった。


坂の調べを終えていったん奉行所にもどると、

「おい、福川。昨夜、金蔵奉行の田上八之助さまの屋敷が襲われたらしいぞ」

と、矢崎が言った。

「襲われた？　死んだのですか？」

「いや、連れ去られてしまったらしい」

「田上さまの屋敷はどこなのです」

「深川だそうだ」

「昨夜の何刻《なんどき》のことです？」

「四つ（夜十時）くらいにはなっていたらしいな」

「四つ……」

とすると、富士見坂で小栗の拉致にしくじったあと、では金蔵奉行の田上をと、深川に向かったのではないか。

「しまった。あのあと、警戒すべきでしたね」

竜之助が悔しげに地団駄を踏むと、

「お前、そりゃあ無理だぜ。おいらたちだって人間だ。そうそう夜通しは駆けずりまわれねえよ」

矢崎は呆れたように笑った。

「矢崎さん、いまから行きましょう」

と、さっそく出て行こうとする。

「どこへ？」

「田上さまの屋敷ですよ。賊の手がかりを得るには現場を見るしかありません」

「ああ、そりゃ無理だ」

矢崎はにべもなく言った。

「なにが無理なんです」

「金蔵奉行が町方の調べに応じるわけがねえ。門前で追い返されるだけだ」

「そんなこと、行ってみなくちゃわかりませんよ」

竜之助が出ようとすると、

「さっき大滝さんも追い払われて来たところだよ。まあ、待て。いま、お奉行が目付衆と交渉しているらしいから」

「お奉行が……」

それではあまりしゃしゃり出ないほうがいい。

二

と、そこへ——。

芝の番屋から報せが来た。伝えてきたのは、芝田町《しばたまち》の町役人《ちょう》とあの界隈《かいわい》を縄張りにする岡っ引きだった。

大滝が聞くことになり、竜之助も同席した。

「今朝、薩摩藩の抱え屋敷の壁に、南蛮小僧の予告状が貼ってあったようです」

と、町役人が言った。

「薩摩藩に？」

竜之助が思わず訊いた。

いかにも偽装臭い。もし南蛮小僧が薩摩と関わりがある者だとしたら、薩摩藩に脅しなどかけるわけがない——そう思わせようとしたのではないか。

「どうかしたか、福川?」

「いえ、ちょっと……」

薩摩屋敷の近くに住む人たちの前で、うかつな話はできない。

大滝はうなずき、

「いま、貼ってあったようですと言ったな。それはどういうことだ?」

「すぐに藩邸内の藩士たちが取り除いてしまいましたので」

「なるほど。では、文面などは誰も見ておらぬのか?」

「いえ、大勢見ております。現にわたしなども。なにせ番屋の前あたりにも貼ってあったので、見るなと言われましても見てしまいます」

「文面は?」

「はい。ひと月以内にこの屋敷から一万両をいただく、と」

「なんだと」

「あとは充分、警戒なされよという脅しのような文句があっただけです」

「筆跡はどんなふうだった?」

「あまりうまい字ではなかったです」

「うまくなかった?」

大滝は首をかしげた。いままでの予告状の字はかなり達筆だったのだ。もっともわざとそんなふうに書いたのかもしれない。この相手は相当にしたたかである。

「町のようすはどうだ？　噂は伝わったのだろう？」

大滝は岡っ引きのほうに訊いた。

「ええ。もう、この噂で持ちきりですよ」

「だろうな」

「ただ、南蛮小僧はとんでもねえものを持ち出すので、とばっちりがあるのではと怯《おび》えてもいます」

「とばっちり？」

「ええ。蒸気機関車だの、軽気球だのを使うってんでしょ。そんなものが出てきたら、あのあたりも破壊され、火の海になるだろうと、すでに女房子どもは、親戚だの別宅だのに移してしまった者もいます」

「それはまた気が早いな」

「ですが、南蛮小僧はいままでの泥棒とはわけが違いますのでね」

と、岡っ引きも怯えたように言った。

「ふうむ」

大滝はうなずき、予告状の文面を写していた竜之助に、

「福川、どう思う?」

と、訊いた。

「ひと月ですか。予告にしてはずいぶん気の長い話ですね」

「ん? たしかにそうだな」

「それと一万両というのは大金ですよ。抱え屋敷にそんな大金がありますかね?」

「ううむ。大名家の金の事情などはおいらにはわからんが」

「いえ、おいらだってわかりませんけど」

「たしかに大金だよな」

「そうでしょ」

「ということは?」

「ほんとに南蛮小僧かは、まだわかりません」

「なるほど。だが、うっちゃっておくわけにはいかねえだろ」

「もちろんです」

とりあえず大滝と竜之助が現地に駆けつけ、ようすを見ることにした。

芝田町にやって来た。

蒸気機関車に襲われた浜田屋からもすぐ近くである。

この薩摩藩の抱え屋敷は、東海道沿いに建っている。正面の長屋門からして延々二町分ほどつづいている。

「立派な構えですね」

竜之助は感心した。

「なにせ表高で七十八万石。しかも、じっさいは琉球《りゅうきゅう》貿易で莫大な富を得ているという噂だからな」

「そうですね」

その噂は聞いたことがある。

薩摩藩は、ペルリの来航以来、その動向が取り沙汰されている。この春には、藩主島津久光《しまづひさみつ》率いる千人を超す兵が上洛《じょうらく》した。そのときは、薩摩が倒幕に向けて動き出したという噂も流れた。

薩摩屋敷は静まりかえっている。門番もとくに出ていない。

「貼り紙は何枚かありましてね。この東海道筋の塀に沿って五枚ほどありました」

　と、町役人が言った。

「五枚も？」

　竜之助は首をかしげた。

「どうした、福川？」

　大滝が訊いた。

「いえ、なんで五枚も貼る必要があったのでしょう。予告なら一枚あれば充分だし、現にここの藩士がはがして持ち去ったのでしょう？」

「そういえば、そうだな」

　もしかしたら、町の人たちに見せて、騒ぎをつくりたいのかもしれない。

「まずは、警備などについて相談してみては？」

「わかった」

　大滝は表門のわきを叩き、門番を呼ぶと、

「南町奉行所の同心、大滝治三郎と申しますが、今朝ほどこちらに貼られてあったという南蛮小僧の予告についてご相談いたしたいのですが」

　と、声をかけた。

「しばらくお待ちを」

そう言って、門番は一度引っ込んだ。

それからが長い。なかなか返事が来ない。

「なにしてやがるんだ」

大滝があくびをしながらそう言ったとき、ようやくわきの戸が開いた。

若い侍が顔を見せ、

「小悪党ごときの脅しなど、すべてこちらで対応いたします。町奉行所のお手はいっさいご無用に存じます」

そう言って、ぴたりと戸を閉ざした。

「なんだよ。さんざん待たせやがって」

大滝は文句を言ったが、

「まあ、こんなものでしょうね」

と、竜之助は笑った。

「だが、だからと言って、うっちゃっておくわけにはいかんぞ」

「おいらはまた、夜にでも来てみますよ」

とりあえず、二人は急いで奉行所にもどることにした。

三

結局、その日の七つ（午後四時）くらいになって——。

小栗がもどって来ると、同心部屋に顔を出し、

「やっぱり目付の連中はお手上げらしい。いくら現場を見ても、なにもわからないそうだ」

と、言った。

「そりゃそうですよ」

「お目付なんてのは自白を待っているだけの仕事だから」

「早いとこっちに任せないと、田上さまの命も風前の灯《ともしび》でしょう」

同心たちは嬉しそうに言った。

「探索や追跡は町奉行所の得意とするところと、そう言って、目付衆を説得したのだが、ちと言い過ぎたかな」

「厭味《いやみ》でも言われましたか？」

大滝が訊いた。

「それではお手並み拝見しますと言われた」

「充分、厭味っぽいですね」

「じっさい、手がかりはほとんどないらしい。わしらが探るにしても、容易ではないぞ」

「それなら福川にやらせますか」

と、矢崎三五郎が言った。

「ん？　福川に？」

小栗が驚いた顔をすると、周囲の同心たちは、

「そういうことなら福川です」

「なにせ妙な事件には滅法強いのです」

「福川、目付衆に町方の凄さを見せてやれ」

口々に言った。

「なんだか、福川がひどく頼りになる男になってきたみたいだな」

小栗も感心してそう言うと、

「いや、もちろん、やれるだけのことはやりますが」

竜之助は顔を赤らめ、頭を掻《か》いた。ここまで言われたら、源氏の名誉を背負わされた那須与一《なすのよいち》のような心境になってしまう。「やっぱりわかりませんでした」

では済まないかもしれない。

「では、おいらと福川とで現場を見てきます」

矢崎がそう言って、竜之助はいっしょに深川の現場に向かうことになった。


田上の屋敷は深川の大川のそばにあった。

五百坪ほどの屋敷に、妻と息子と娘の家族と、若い侍が一人、小者が二人、家事の手伝いをする老夫婦が二人、以上九人が住んでいた。知行は千二百石だそうで、それにしては家来が少ない気がするが、ほかに通いの小者が何人かいるらしい。旗本も内証は厳しく、使用人もできるだけ減らしているのが現実なのだ。

昨夜、田上は若い侍に小者二人を連れて、お城からもどった。

四つ（夜十時）になっていたらしい。

だが、そのとき屋敷にはすでに侵入者がいたのである。

連れていた若い侍と小者は斬られ、田上だけが連れ去られた。

ほかの家族は二階で縛られていて、なかなか縄もほどけない。朝になって、通いの小者が来てようやく、この惨事が発見されたのだった。

「遺体は片づけてしまったのですか？」

と、竜之助は目付に訊いた。

「あんな惨《むご》たらしい光景を、いつまでも家族の目に触れさせたくないのでな」

「そうですか」

気持ちはわかるが、どんなふうに斬られていたのか確かめておきたかった。

仕方がないので、すでに早桶に納められた遺体を検分した。

「斬られた人たちは皆、刀を抜いてましたか？」

竜之助はすぐ近くにいた目付に訊いた。

「ああ、三人とも抜いていたよ」

「早桶に入れた刀はそのときのものですか？」

「ああ、そうだ」

竜之助は遺体が抱いていた刀を一本ずつ確かめた。

刃こぼれはない。血脂もない。

「凄い斬り口だな」

と、矢崎が言った。

「皆、一刀のもとに斬られていますね」

「ああ。小者はともかく、家来はかなりの遣い手だったというのだがな」

「そうですか」

「一人が三人を斬ったのかな？」

「さあ、どうでしょう？」

三人はわりと近い位置に倒れていたらしい。

だとしたら、一人、腕の立つ男がたちまち三人を斬り伏せたというのも考えられる。

いずれにせよ、南蛮小僧の仲間には、相当腕の立つ男がいる。

「お、これは？」

竜之助の視線が止まった。

「どうした？」

「この指先の血」

小者の右手の人差し指である。

「それが？」

「もしかしたらどこかに、血文字を記しているかもしれませんよ」

倒れていた場所を聞いた。

玄関の上がり口が六畳ほどの板の間になっていて、そこからまっすぐ伸びた廊下に倒れていたという。そのあたりをつぶさに見た。

「矢崎さん。これ」

竜之助が、板戸の下あたりを指差した。

まさに血文字である。

「なんと」

丸に十字が描かれてあった。

これにはほかの目付たちも顔を見合わせた。

「薩摩ではないか」

「なんでまた？」

やはり、皆、たじろいだようすである。

この時期、いちばん微妙な相手と言っていい。

「じつは、昨夜の車にも、この家紋らしきものが」

竜之助は矢崎に言った。

「ほんとか」

「それに、車の男が、『なんじゃ、わいは』と言うのを聞いたような気がします」

「薩摩弁かよ」

矢崎は目付たちを見た。

目付たちも緊張している。

次に助かった家族の話を聞くことにした。

「侵入者は、何人でした？」

と、竜之助は田上の奥方に訊いた。

きれいな顔立ちだが、いまは真っ青で、髪もずいぶん乱れてしまっている。

竜之助の周りには、目付衆が五人ほどいて、真剣な目で竜之助の取り調べを眺めている。なんだか見習いから正規採用になるための、試験でも受けているみたいである。

「四人です」

奥方は目をつむり、何度も指を折りながら答えた。

「顔は見ましたか？」

「いえ、覆面で隠していましたので」

「言葉使いはやはり武士のものでしたか？」

「そうですね」

「なにか言葉使いに特徴のようなものは？」

「一人は江戸の言葉ではないようでした。おい、とか、わい、とか。そういえば、なんとかしてたもんせ、というようなことも」

「……………」

皆、顔を見かわした。まさしく薩摩弁である。

「もっとも話し声は二人しか聞いていません」

「着物の柄などは？」

まさか薩摩絣《がすり》などという返事はないだろう、と思いながら訊いた。

「そこまでは覚えていません」

「袴や足袋がひどく汚れているようなことはなかったですか？」

「あ、そういえば、ひどく汚れていました」

やはり、小栗をさらおうとした連中がこっちに来たのだ。

四人は家族や手伝いの老夫婦を縛り上げ、二階に上げたという。

「あなたたちを縛るのに迷ったふうはなかったですか？　斬ってしまおうとか？」

「いえ」

薩摩弁を聞かれたとは思っていなかったのか。

「二階を見せてもらっていいですか？」

「はい。どうぞ」

皆、ぞろぞろと二階へ上がった。

さんざん調べたはずの目付衆まで後をついて来る。ほとんど物見遊山《ゆさん》の名所めぐりのようではないか。

家族たちが縛られて入れられたのは、大川に面したほうの部屋だった。西陽がまっすぐ差し込んでいる。

町人地もあるが、平屋建てばかりなので、大川の流れが見えていた。

「窓が壊れていますね」

と、竜之助が指を差した。障子と板戸が屋根のほうに落ちてしまって、外の景色が見えている。

「わたしが暴れた拍子に倒れて」

と、十四、五の息子が悔しそうに言った。

「暴れた？」

「ええ。わけがわからなくなり、むやみに体当たりをして、相手に投げられたみたいです」

「斬られなくてよかったよ」

竜之助は言った。

家族は、そのまま猿ぐつわをされ、柱に縛りつけられた。

それから連中は下であるじの帰りを待った。

「それで、下で斬り合いがあったのですね？」

「はい」

と、奥方がうなずいた。

「なにか聞こえた言葉などはなかったですか？」

「うちの人が、何者だ？　と」

「あとは？」

「とくには。かけ声のようなものだけでした」

「かけ声はしばらくつづきましたか？」

「いいえ。あっという間でした」

やはり相当な遣い手がいる。

「そのまま、立ち去ったのですか？」

「いいえ。男が二人もどってきて、わたしたちに目隠しをしました」

「え？　ちょっと待ってください。一度もどってきて、目隠しをしたのですね？」

竜之助の顔色が変わった。

「はい」

「それは変だなあ」

竜之助が首をかしげると、後ろにいた目付の一人が、

「なにが変だ？」

と、訊いた。

「だって、わざわざもどってきて、目隠しですよ。それまで、四人は覆面をしていたのでしょう？」

「はい。ほとんど目ぐらいしか見えていませんでした」

奥方が息子を見て言った。息子もそうだったというようにうなずいた。

「だから、どうした？」

目付はさらに訊いた。

「逃げるところを見られたくなかったのですよ」

と、竜之助はここから見えている大川を指差した。

「そうか。舟で逃げたからか」

「いや、舟を使ったのを知られても、どうということはありません」

「では、なんだ？」

　竜之助はほんの少しのあいだ思案し、

「上流か下流に行くなら、すぐに行く先はわからなくなります。でも、大川をまっすぐ横切って行ったとしたらどうです？」

「え？」

「あのあたりが見えてますよね」

　今度はまっすぐ正面を指差した。

「昨夜は月明かりが乏しかった。だから、往復する荷舟や筏《いかだ》にぶつかってしまうので、提灯をつけざるを得ない。つまり、この壊れた窓からまっすぐ川を渡って逃げて行くところを見られてしまうのです」

「まっすぐ？」

「ほら、中洲の向こうに浜町堀《はまちょうぼり》が見えていますね」

「それだ、福川！」

　と、矢崎が叫んだ。

「ええ。下手人たちは、たぶんあそこに入って行ったのでしょう。それを見られたくなかったんです」

「浜町堀は奥のほうまで行くと町人地ばかりだが、手前には大名屋敷や旗本屋敷が並んでいるぞ」

「はい」

この竜之助の推理に目付衆は顔を見合わせ、一人が、

「たしかに町方ってのはやるもんだな」

と、口にした。

すると、矢崎三五郎が十手で肩のあたりを軽く叩きながら言った。

「ま、おいらたちは、これで何代も飯を食ってますのでね」

四

竜之助は矢崎と二人の目付と小者たちとともに、舟二艘に分乗し、浜町堀に入ってきた。

この堀は、まっすぐ北上したあと、直角に左へ曲がり、竜閑川《りゅうかんがわ》と名を変えて、鎌倉河岸《かまくらがし》があるあたりのお濠《ほり》につながっている。川幅も三間以上あり、いまも多くの舟が行き来していた。

たしかに大川から掘割に入ってすぐのあたりは、大名屋敷や旗本屋敷ばかりである。

「つかぬことを伺いますが」

竜之助は、同乗していた目付に訊いた。

「なんだ？」

「この近くに薩摩藩のお屋敷はありますか？」

町方は町人地しか見ない。

竜之助は見習い同心として江戸の町を覚えるのに必死だが、武家地のほうはほとんど気に留めていない。

「薩摩？」

目付二人は顔を見合わせ、

「いや、薩摩藩邸は芝や高輪のほうに固まっていて、こっちにはないはずだな」

「うむ。わしもそう思う」

と、言った。

「薩摩がどうかしたか？」

「いえ。とくには」

掘割は、このあたりでは段々の河岸にはなっていないが、ところどころ舟を留めて、小さな階段を上がれるようになっている。

その一つで舟を下りた。

組合橋《くみあいばし》という橋の少し手前である。

ゆっくり周囲を見回す。ここらは本当に静かな一角である。いまは陽が差していて、人殺しなどとても想像できないような、穏やかな光景が広がっている。

――ん？

竜之助は、どこかから見られている気がした。

だが、周囲を取り巻くのは、白壁や長屋門ばかりである。どこかの窓からの視線なのか。

首を巡らせていると、

「ここからどうする福川？」

矢崎が訊いた。

竜之助の周りに目付二人も寄ってきている。なんだか指示を仰ごうというような態度で、竜之助は面映《おもはゆ》い。

「連れ去られて一晩経ってしまってますからねえ」

田上は、すぐにも隠し金のありかを問い詰められているのだろう。

下手したら、すでに殺されているかもしれない。

「ああ。これがすぐのことなら、われら目付も多少強引に、家捜しみたいなことはするのだがな」

目付たちもうなずいた。

大名屋敷はそうそう門を開けないが、ここらは旗本や御家人の屋敷も多い。

「矢崎さん。とりあえず動きを封じましょうか？」

と、竜之助は言った。

「というと？」

「できるだけ人員を出してもらって、このあたり一帯に配置してもらえませんか？」

「よし、そうしよう」

矢崎は連れて来た小者を奉行所に走らせた。

「われらも人を出すか？」

目付の一人が訊いた。

「お願いします」

これは目付だ、町方だと言っている場合ではないだろう。

とりあえずここにいる者だけで、一帯を巡回していると、四半刻（三十分）ちょっとで、奉行所から小者を入れて二十人ほどが駆けつけて来た。連絡に走った者も、ずいぶん急いでくれたらしい。

外回りの多くは出てしまっていたのだろう、来たのは内勤の吟味方の同心たちである。

与力では、自称、味見方与力の高田《たかだ》九右衛門《きゅうえもん》が来た。ふだんは同心たちの勤務状況を見てまわるのと、江戸の町の食についての店の取り締まりを担当している。

殺伐とした事件の渦中に出たりすると、緊張のあまり倒れたりするので、よほど人手が足りないとき以外は出て来ない。今日はたまたま、そのよほどのときだったのだろう。

「おい、よりによって高田さんを出すことはねえだろうよ」

矢崎がさすがに小声で文句を言った。

高田のほうも不満げである。

「おい、矢崎。どうして町方が、こんな武家地に繰り出すのだ。斬り合いになどなったらどうする？」

「高田さまは遠慮なく隠れられてけっこうですぜ。そのあいだ、おいらたちが四、五人ぶった斬っておきますから」

矢崎が片手を振りながら、いかにも意地悪そうに言った。

「それはちと」

高田は持ってきた六尺棒に、杖のようにすがりついた。すでに震えがきている。

「高田さま。ご心配なく。お目付衆も大勢いらっしゃいますし」

竜之助は慰めるように言った。

「そうだよな。これは本来、目付の担当だからな」

高田はやっと、息がつけたみたいに言った。

浜町堀界隈は、警戒する武士たちが方々に立ちはだかり、いったいなにごとかという雰囲気になっている。

通りかかった武士が、

「なにごとだな、これは？」

と、訊いた。

「お騒がせして申し訳ござらぬ。曲者が逃げたかもしれず、警戒しております」

矢崎が答えた。

町方と目付筋らしき武士たちが、共同で警戒している。これは、ただごとではない。

皆、目を瞠《みは》るようにして通り過ぎていく。

竜之助は、連絡もあり、いったん奉行所に引き返すことになった。もうすっかり陽も落ちた。

矢崎と話し合い、高田九右衛門はやはり足手まといになる公算のほうが強いので、引き上げてもらうことにした。

それを高田に告げると、さっと表情を明るくさせ、

「そうだ。ここにいる者には、目付衆も含めて、握り飯を二つずつ届けさせることにしよう。海苔で包むとぼろぼろこぼれないし、中身は塩じゃけをほぐしたやつがいい。それにタクアンを三切れほどつけてな。それと、竹筒に茶を入れたやつを人数分だな」

と、言った。

そういう手回しだけはたいしたものである。

戦では、背後から食糧や武器を届ける兵站《へいたん》という部署がきわめて大切になる。そこをきちんと考えられる高田という人は奉行所にとって、意外に大事な人材なのではないか――と、竜之助は思った。

奉行所に入ると、小栗がすぐに、

「浜町堀界隈が臭いらしいな」

と、声をかけてきた。

「はい。ただし、一晩経ってしまってますので」

「うむ。田上の場合、簡単にしゃべらないと思うがな」

「ですが、隠し金の場所を知っている金蔵奉行が拉致されたとなると、なにかしら手を打たなければならないのでは？」

竜之助はそう言って、小栗を見た。

「うむ。それで、南北両奉行所から、隠密同心だけを道端に配置することにした」

「ははあ」

隠密同心は町回りの同心だが、町人の姿で市中にまぎれている。ひそかに見張るということでは、彼らは熟練しており、さりげなく町に溶け込むことができる。

ただ、隠密同心は数が少ない。多少の増員はあるが、たいがい南北に二人ずつしかいない。

「どうだ、福川？　少ないか？」

「いや、いいと思います」

四人で守り切れなかったら、同心の資格もない。

「うむ。なんだか、福川が指揮官みたいだな」

「お奉行。おからかいを」

「いや、わしはそなたをもう見習いではなく、定町廻りにさせたいのだが、そんなことをしようものなら、支倉さまからどれだけ厭味を言われるかと思うと」

小栗が肩をすくめた。

たしかにそれはもう一生言われつづけるだろう。

「お気づかいありがとうございます」

竜之助は頭を下げた。

五

六つ半（夜七時）ごろになって――。

お船手方から町奉行所に連絡が入った。

佃島《つくだじま》の漁師が、沖で漂っていた小舟の上で武士が殺されているのを見つけたという。

懐には、書き付けが入っていた。

この者が隠し場所についてしゃべってくれた。

ありがたや、ありがたや。　南蛮小僧

この、南蛮小僧の文言のため、すぐに町方にも報せがきたのだ。

奉行所から竜之助や検死役の同心などが駆けつけた。

舟は鉄砲洲の河岸につけられ、遺体はそのままにして、筵《むしろ》がかけられてあった。

すでに、目付のほうから田上の屋敷にも報せが行き、ちょうど奥方が大川の向こう岸から到着したところでもあった。

「あなた！」

奥方が一目見て泣き崩れた。

「やっぱり間に合わなかったか」

田上の屋敷で会っていた目付が、竜之助のところに来て言った。

「ええ、残念です」

「町方に落ち度はない」

目付衆も竜之助の洞察力を目の当たりにしているので、文句をつける気持ちはないらしい。

奥方をいったん引き取らせてから、検死をはじめた。

「ほう。背中を斬られていますな」

検死役の同心が意外そうに言った。

「背中を？」

目付が不満げに訊いた。

「ええ。ふつうは逃げようとして斬られたと推定しますが、これはおそらくいったん無腰にさせられていたが、相手の刀をもぎ取ろうとして、他の仲間に斬られたという傷ではないでしょうか。この人も手に刃を摑んだような傷があります。ほかにも腹や胸に刺し傷がありますね」

「かなり抵抗したのだろう？」

「そのようですね」

検死役の同心がそう言うと、目付はホッとした顔をした。

幕府の金蔵奉行が抵抗のようすもなく背中をばっさりやられていたら、武士として面目が立たないのだろう。

「拷問の痕《あと》は？」

目付が訊いた。

「ありませんね」

その前に暴れ出したのかもしれない。

「殺されたのはいつごろでしょう？」

竜之助が訊いた。

「晩から明け方ってところだな」

やはり浜町堀に行ったころには、すでに田上は殺されていたのだ。

「そのほか手がかりになるようなことは？」

「酒のような匂いが残ってるね。嗅いだことのないような匂いだな」

検死役の同心がそう言うと、

「酒？　田上どのはたしか酒を飲まぬぞ。一滴もな」

目付が首をかしげた。

「酒で白状させようとしたのではないでしょうか。へべれけにさせ、意識を朦朧《もうろう》とさせたうえで」

「なるほど」

「だが、酒が飲めない田上さまには、すぐ吐いてしまうだけで通用しなかった」

竜之助がそう言ったとき、河岸の上のほうで、

「お奉行」

「これはわざわざ」

といった声がした。

小栗忠順が河岸の段々を駆け下りてきた。

その後ろから付きしたがっているのは、なんと高田九右衛門ではないか。無理に連れて来られたのだろう。高田にとって今日は災厄の日らしい。

「福川、やはり田上だったか」

「はい」

書き付けの現物も小栗に見せた。

やはり達筆である。

「しゃべってしまったのかな？」

「しゃべってないと思います」

「ほう。なぜだ？」

「この相手は幕府に恨みのようなものを持っているような気がします。すると、もしも田上さまが話していたら、わざと解放するのではないでしょうか」

「なぜ？」

「恥辱を味わわせるためです。幕府の金蔵奉行など、こんなものだと、あざ笑うことにもなるでしょう」

「なるほど」

小栗はうなずいた。

「連中はこっちの動きに目を光らせています」

「うむ。まだ警護の兵など動かさぬほうがいいわけだな」

「はい」

と、竜之助はうなずいた。

すると、高田九右衛門が恐る恐るといった足取りで、遺体が乗った小舟のほうに近づいた。

「高田さま。どうなさいました？」

竜之助が声をかけた。

「うん。酒の匂いがする」

「ええ。秘密を吐かせるため、無理に飲ませたのでしょう」

「これは日本の酒ではないな」

「え？」

「これはバーボンと呼ばれるウイスケだ」

「バーボン？」

「ほら、焦げた匂いがするだろう」

竜之助もつられて鼻を近づけた。なるほど焦げた匂いがする。

「これはアメリカでつくられるウイスケで、醸造する樽の中を焦がすのだ。そのため、こういう匂いが残る」

「へえ」

さすがである。

「むちゃくちゃきつい酒でな。わしらが飲む酒のつもりで一合ほど飲んだら、腰が抜けるほどへべれけになるぞ」

「そんなに」

これで田上をへべれけにしようとしたのだ。

「横浜にも、まだそんなに入って来ていないはずだ。わしの知り合いを通じて、購入した者を当たらせよう」

高田がそう言うと、

「よっ、味見方与力。やるではないか」

小栗がからかうように言った。

六

亜米利加屋の新吉は、夕方くらいからそわそわと落ち着きを無くしていた。通りを見ると、思ったほど人は出ていない。

もともと東海道につづく道だから、人が少ないわけではない。昼夜を問わず、旅人たちが往復している。

ただ、酒場に立ち寄りそうな、暇そうな人はさほど見当たらない。

ちゃんと瓦版には載ったのである。

「南蛮小僧、芝田町の薩摩屋敷に参上」と。

これで、野次馬が押し寄せてくれてもよさそうではないか。

さっき、髪結床で噂話を耳に挟んだところでは、

「なにやらかすかわからねえので、危ねえよ」

「蒸気機関車てえのは火を吹くって言うじゃねえか」

などと、怖がっているような話が多かった。

「見物なんかしてる場合じゃない」

と、そこまで心配する声もあった。

どうも、騒ぎはつくったが、飲み屋の繁盛には結びつきそうもない。

「なあに、夜になったらわからねえ」

新吉はそうつぶやき、客が来るのを待った。

暮れ六つ（午後六時）が過ぎてまもなくである。

「よいかな」

若い武士の三人連れが入ってきた。

「いらっしゃい。さ、どうぞ」

新吉は正面の、台の前の席を勧めた。

「おっ」

「この娘は」

男たちは、台の向こうにいる女を見て、目を輝かした。

髪はくるくると巻き上げているが、なんと言っていいかわからないような、不思議なかたちである。

化粧も目の周りをうっすら紅くしたり、不思議な感じである。

昨夜、パイパイは異人ふうの化粧をいろいろと考え、こんなふうにしてみた。

男たちが興味をそそられたのが一目でわかった。

「異人さんかい？」

「そうなんですよ。ただ、日本語がまるっきり駄目でね」

「ハロー。ナイス、トゥ、ミーチュー」

真ん中に座った若い武士が、右手を差し出して言った。

「え？」

女は目を丸くした。

「旦那、いま、アメリカ語で？」

「ああ、挨拶してみたんだ」

「でも、この女は、アメリカ語は通じませんぜ」

「そうか。では、アーングナム、ケンニス、テ、マーケン」

「え？」

女はまた、慌てた顔をした。

「旦那、いまのは何語なので？」

「オランダ語だ。これも駄目か」

「そういうんじゃないみたいなんで」

新吉は慌てて言った。

「では、ドイツ語で」

話しそうになるのを、

「いったいいくつの異国の言葉ができるので？」

止めるように訊いた。

「挨拶だけだったら十カ国くらいは」

「それでも、たぶん無理だと思います。こいつはなんだか聞いたことのないいちっちぇえ国から連れて来られたみたいで」

「そうか。ヨーロッパか？　アメリカか？」

「は？」

「大陸のことだ。国は無数にあるが、大陸は四つ五つしかないぞ」

「なんでも島みたいなことを言ってましたぜ」

「島か。それは見当がつかぬな。だが、ここに通っているうち、この娘の国の言葉を教えてもらえるかもしれぬな」

真ん中の武士がそう言うと、

「それはいい」

「しばらく通ってもいいな」

両脇の武士が言った。

「そりゃあ、もう、ぜひ」

新吉は満面に笑みを浮かべた。

「名乗ったほうがいいな。わしは村島慎吾」

真ん中の武士が自分を指差して言った。目が大きく、異人のように彫りの深い顔をしている。

「ムラシマ、シンゴ」

女は復唱した。

「西野修一郎」

これは右隣の小太りの武士。

「ニシノ、シュイチロ」

「有馬右京」

左隣の武士で、三人のうちではいちばん老けて見える。

「アリマ、ウキョウ」

女は名前のことだと察したのだろう。自分を指差し、

「パイパイ」

と、言った。

「パイパイ、酒をくれ」

村島が言った。

「ポンノ？」

「ポンノは酒のことか。ポンノ、ポンノ」

女は例の酒を、しらばくれてギヤマンの器に注ぎ、三人の前に置いた。

「どれ、ポンノの味は……」

「ん？」

「なんだ、これは？」

三人はいっせいにおやじと女を睨んだ。

「ど、どうかなさいましたか？」

「こんなでたらめは、ほかのやつらには通じるかもしれないが、わしらには通用せぬ。そこにバーボンがあるだろう。わしらの好物だ。それを注いでくれ」

村島は棚を指差した。

女は慌ててそのバーボンウイスキーを注いだ。

「うん、これは悪くない」

西野がうなずくと、

「そうだな」

有馬も満足そうに言った。

「ところで、おやじ、南蛮小僧とやらが隣の薩摩の抱え屋敷を狙っているらしいが、もう入ったのか？」

真ん中の村島が訊いた。

「いや、まだでしょう。もしかして、その騒ぎをご覧になりたくて？」

酒場のあるじはそう言って、女のほうをちらりと見た。どうだ、思惑どおりだろうという自慢げな表情だった。

「そりゃあ、見られるものなら見てみたいさ」

「南蛮小僧が、もしも入るのだったら、あたしはこっち側からだと思っているんですよ」

「ほう」

「だって、このお屋敷の向こうっかわは、ほかのお大名の屋敷になっているんですぜ。わざわざ一度、ほかの屋敷に入ったりはしないでしょう」

「まあな」

「それで表門側は、東海道です。ここは夜通し歩く人もいっぱいいますから、こっち側から入るわけがない。それで、裏っ方は海でしょ。こっち側からしか入れないんですよ」

店と、薩摩屋敷の塀のあいだには、細い道がある。

「窓をそっと開けてみてください」

男たちは言われるままに、窓の障子を開けた。冷たい風が吹き込んでくる。

「お、ずっと奥まで見通せるじゃないか」

「でしょ。ここでそっと見張れば、ぜったい南蛮小僧の出入りを目撃できるんですよ」

あるじは嬉しそうに言った。

と、そのとき——。

戸が開いて、男が二人、入って来た。

一人は八丁堀の同心の恰好《かっこう》をしている。もう一人は町人である。

「ここは飲み屋かい？」

「そうです」

「置いてあるのは酒だけかい？　飯のようなものは食べさせてもらえないかな？」

同心が訊いた。

「あったかいうーめんぐらいならできますが」

「いいねえ。ネギをいっぱい入れてもらいてえなあ」

「わかりました」

あるじはうなずき、うーめんを茹《ゆ》で、煮干しで出汁《だし》を取って、つゆをつくった。

あとから来た男たちは、正面に渡された板のところではなく、樽が適当に並んだ店の隅に腰を下ろしていた。

「はい、お待ち」

「おお、うまそうだ」

二人はふうふう言いながらうーめんをすすり始めた。

「町方の旦那衆ですよね」

「ああ、そうだよ」

「南蛮小僧の見張りですか？」

「うん。南蛮小僧の予告はあてにならねえところもあるんだが、予告を出されちゃ見張らねえわけにはいかねえだろう」

「そうですよね」

二人はうまそうに食べ終え、しばらく休息でも取るようにしていたが、

「ごちそうになった。うまかったぜ」

多少高めの代金を文句も言わず払って、また寒い夜の町に出て行った。

すると、それとは入れ替わりに、男の三人連れが入って来た。

「へい、いらっしゃい」

あるじは機嫌のいい声をかけた。なにせ、一晩に八人も客が来るなんて初めてのことである。

「おやじ。南蛮小僧が入ったって話は聞いたかい？」

「いえ、まだでしょう」

「なんか、今晩あたり入りそうだよな。騒ぎがみたくてさ」

新しい客がそう言うと、新吉は満面に笑みを浮かべて、

「ええ。ここは絶好の見物席ですよ」

と、言った。

第四章　真の狙い

一

昨夜、竜之助が八丁堀にもどったのは、だいぶ遅くなってからだった。子《ね》の刻（夜十二時）を過ぎていたかもしれない。

飯はすませていたので、すぐに寝てしまった。

それでも翌朝は、ちゃんと日の出とともに目を覚ます。疲れも残っていない。忙しく働いているほうが、疲れは残らない気がする。田安の家にいたときは、しょっちゅう疲れていた。

竜之助は、起きるとまずは半刻（一時間）ほど、みっちり剣を振る。およそ五十通りの型をこなし、それから頭の中で想定した相手と戦う。

この稽古を陰から見ていたやよいが、

「若さまは、どうかしてしまったのかと、心配になりました」

と、言っていた。

今朝の相手も、なまじの遣い手ではない。

自分よりもはるかに強い。目にも留まらぬ速さで剣を遣う。加えて二刀流。一瞬の油断も許されない。

強いうえに、汚い。急に唾を吐きかけてきたりした。

「おっとぉ」

思わず声を上げた。

しかも、一度斬ったくらいでは死なない。

ほとんど化け物である。

顔もむちゃくちゃ恐ろしげである。

だが、こうした相手と頭の中で戦うことで、思いがけない剣とも戦うことができるようになる。

「とぁーっ」

ついに風鳴の剣を出した。出したくはなかったが、これを遣わないと、勝つことができなかったのだ。ほうぼうに傷を負ってしまった。

たまに、斬られて死ぬことがある。そんなときは架空の勝負ではあっても、食欲が無くなったりする。

この朝稽古をやると、寒風が吹きすさぶような日でも汗びっしょりになる。身体中から湯気が立ち上がる。

それで井戸端に行き、水を浴びる。

「うわーっ」

冷たさで思わず声が出る。

しかし、水を浴びたあとは、身体がぽっぽっと火照《ほて》るくらいになる。

そこでようやく朝飯である。

今朝のおかずは――。

ネギとカボチャと豆腐の具沢山の味噌汁。煮干しの出汁もきいている。これだけでもおかずは足りるくらいだが、やよいはさらに精がつくようにと、生卵と納豆、しらすおろしもつけてくれた。

うまいのなんのって、どんぶり飯をたちまち平らげ、おかわりを差し出したとき、

「あ、そういえば」

　と、思い出したことがある。

「なんですか、若さま」

「やよい、頼みがある」

「なんでしょう？」

「芝の薩摩屋敷の隣に亜米利加屋という飲み屋があるんだよ」

「亜米利加屋なんて、攘夷の人たちが聞いたら怒りそうですね」

「そうだな。でも、新しいものが好きな人を狙っただけの店だ。本気で怒るやつはいないだろう」

「それで、その亜米利加屋がどうかしたんですか？」

「ああ。その隣の薩摩屋敷に南蛮小僧の予告が貼られたので、いちおう警戒しているんだが、夜食を食べるのでその飲み屋に入ったんだよ。そうしたら、中に三人連れの武士がいてな。どうも見たことがあるような気がしたんだ」

「向こうの反応はどうでした？」

「もしかしたら、おいらを知っているかもしれねえんだ。というのも、一人はなんとなく顔を逸《そ》らすようにして、ちらちらおいらを見ていたから」

「まあ」

「もちろん、偶然そこらで会っても不思議はないんだが」

「なにか気になるんですね？」

「うん。もしかしたら田安の家の者かな。おいらはほら、下屋敷とかでひっそり育ったから、上屋敷には大人になってからしか行ってないしな」

「でも、昨夜でしょう」

今夜来るとは限らない、そういう口ぶりである。

「いや、なんだかこれからしばらく通ってくるとか言っていたので、今晩あたりも来るかもしれねえ」

「わかりました。田安の者かどうか、確かめればいいのですね」

「うん。おいらも、夜、立ち寄るつもりだ。危ないことはしなくていいぜ」

「でも、わたしが知っているということは、向こうもわたしを知っていますよ」

「そうだな」

「なにか言われたらどうします？」

「通りがかりに立ち寄ったことにすりゃあいいさ」

「そうですか、亜米利加屋ですか」

やよいの目が輝いた。

「それがどうかしたかい？」

「いえ、なんか見たことのない国に行ってみたい気持ちって変ですかね？」

「ちっとも変じゃねえ。思わねえほうが変だ」

竜之助も、憧れの同心の仕事についていなかったら、海を越えて、武者修行に行きたいと願っていたかもしれない。

「わたし、アメリカに行ってみたいんですよ」

「おいらも行きてえよ」

「エゲレスにもフランスにも」

「そうだよな」

「じゃあ、攘夷を叫ぶ人たちというのは？」

「あの連中もさまざまさ。流行《はや》りものみたいに攘夷を叫んでいる連中もいれば、攘夷を言いつつ、本当は幕府を倒したいだけというのもいる」

開国してしまったら、いくらか落ち着いたようだが、一時の攘夷の風潮ときたら、まるで旋風のように吹き荒れたものである。

「うーん。困りましたね」

困った顔はなかなか愛らしい。

二

「頭が痛《いて》え」

村島慎吾がこめかみを指ではさむようにした。

昨夜遅く、村島の仕える屋敷に、西野や有馬とともに転がり込んだ。

なにせ広いうえに、ここに寝起きする家臣は少なく、咎《とが》められることもない。

「ジョージは昨夜、飲み過ぎていたからだよ」

西野が村島のことをジョージと呼んだ。

「サムだってひどかったぞ」

有馬は西野をサムと呼んだ。

「ポールだけか、なんともないのは？」

有馬はポールときた。

この三人、誰もいないところでは、互いにジョージ、サム、ポールと呼び合っている。

仲間内以外のところでやると、南蛮かぶれだと斬りつけられる恐れさえある。

昨夜も飲み屋で、ついうっかり呼んでしまったりした。

「バーボンを一本、空けちまったからな」

村島はそう言って、茶碗の水をうまそうに飲んだ。

「もう、色つきの贋物《にせもの》しか残っていないな」

「いや、あるじはすぐに仕入れておくと言ってたよ」

「ジョージはあそこの女にご執心だったからな」

「え？」

村島は惚《とぼ》けた。

「お前、口説こうとしていたろうよ」

「男だもの、口説けるものなら口説きたいさ。でも、言葉がまるで通じないのだからな」

「金髪じゃなくていいのか？」

「そりゃあ向こうに行ったら青い目に金髪がいいさ。だが、まだ日本にいるんだからな」

「贅沢《ぜいたく》は言えないってか？」

「そういうことだ」

「このあいだ、横浜のホテルの前で見た女。あれはきれいだったな」

有馬右京が、火鉢をかきまぜながら言った。

「ああ、凄かった。あの髪の色は、間違いなく金が入っているだろう」

「入っているな」

「そして、目」

「緑色だもんな。あれはやっぱり、葉っぱの要素が入っているんだろうな」

「たぶんな」

「それに比べてわが国の女。どうしてああも同じような髪に、同じような目をしていやがるんだろう」

「なんか、黒いものを食い過ぎているのかな」

「中津《なかつ》藩に福沢《ふくざわ》ってのがいるだろう?」

と、西野が言った。

「ああ、いる」

「あいつ、向こうでおなごとくっついて写真を撮ってきたらしいぞ」

「ほんとか」

「あの野郎、生意気だ」

「わしらも早く向こうに行って、異人の女を嫁にしたい」

「まったくだ」

「糞、攘夷派のやつら」

「相手にするな。わしらはあの金で早いとこ、おさらばだ」

村島はにやりと笑って言った。

「そうだな。だが、いざというときの人員は大丈夫なんだろうな?」

「もちろんだ」

「三十人は要ると思うぜ。奪った物を荷馬車に乗せ、横浜まで逃げるんだからな」

「それも抜かりはないよ」

「さすがにジョージのやることだ」

と、西野が村島を褒めた。

「まずは場所を特定することだ。それで南蛮小僧をさらに動かし、最後には、これは茶番だとか薩摩の謀略だとか思わせたところでいただきに上がる」

「まあ、ぼちぼちやるこった」

「急《せ》いてはことを仕損じるってやつさ」

「そういえば、わしは昨夜、気になることがあったんだ」

村島が言った。

「なんだ？」

「ちらりと来ていた町方の同心だけどな。どこかで見た顔のような気がしたんだ。おぬしたち、見たことないか？」

「いや、ない」

「わしも見覚えなどなかったぞ」

「やっぱり、わしだけか」

「なんだ？　思い当たるやつでもいるのか？」

「まさかなあ」

「どうした？」

「いや、当家の坊っちゃんが町方の同心になるわけないしな」

「どういうことだ？」

「田安家の十一男で、竜英《たつひで》さまというお人がおられる」

「なんだと」

「母親の身分が卑しいというので、屋敷内では冷飯食いみたいな扱いをされていた。当人も目立つことは嫌いで、ほとんど人前には出て来ない」

「ほう。めずらしいな」

「ただ、用人でなかなか力もある支倉さま」

「ああ、支倉さまな。あの人はしらばっくれているが、なかなか強《したた》かだと聞いたぞ」

「うん。その支倉さまが爺《じい》やとして、たいそう可愛がってきたらしい」

「ふうん」

「しかも、その竜英さまは剣の達人という噂がある」

「剣の達人？」

西野と有馬の顔が変わった。三人とも、腕に自信があるのだ。

「葵新陰流《あおいしんかげりゅう》という剣の噂を聞いたことはないか？」

「そういえば、聞いたな」

「将軍家に伝わる最強の秘剣があるのだろう？」

「だが、うちの殿など、そんな剣を使わぬぞ」

「どうも、やたらと教えるものではないらしい。将軍家とご三卿を見渡し、もっとも資質に恵まれた者だけに伝えられるらしい」

「誰が伝える？」

「柳生《やぎゅう》にその役目を担った者がいるらしい」

「それで、昨夜の町方の同心が竜英さまに似ていたというのか？」

「そんな馬鹿なことはないよな」

村島は笑った。

いくら末っ子の冷飯食いとはいえ、田安の御曹司が町方の同心になどなるわけがない。

三

竜之助は、八丁堀から南町奉行所に向かうのに、河岸沿いの道に出た。

すると、瓦版屋が出ていて、

「またしても出た、南蛮小僧。さあ、どこに出た？　驚くべきところだよ」

と、濁声《だみごえ》で怒鳴っていた。

——まさか、おいらの知らないところに？

気になって買ってしまった。

書いてあったのは、なんと蜂須賀家のことである。

いったいどこから洩れたのか。蔵から千両を盗まれたとも書かれていた。もっともお叱りを怖れてだろうが、露骨に蜂須賀家とは書いていない。「なると渦巻く某二十数万石の鉄砲洲の屋敷で」とされている。

だが、誰が読んでも阿波徳島藩二十六万石である。

盗まれた小判は千両。だが、天野屋や浜田屋で三千両、某黒潮押し寄せる二十数万石で五千両、総林寺で二千両が盗まれたのに比べると、これはあまりに少ない。南蛮小僧は、この藩の窮乏に同情したのだろうか——とまで書いてあった。

奉行所に向かう予定を変更して、蜂須賀家の下屋敷を訪ねて名乗ると、用人の川西はおらず、なんと美羽姫が出てきた。

「竜之助さま、ちょうどよかったです」

美羽姫は嬉しそうに言った。

「ちょうどよかった？」

「はい。ちょっとお訊きしたいことが」

「ううむ。どうせ変なことでしょうな」

「まあ、どうしてそんなふうに？」

「姫さまがわざわざわたしに訊きたいことと言えば、どうせなにか突飛な話であるのに決まっていますからな」

「そんなでもないわ」

「象のしつけなど知りませんよ」

「象はいません」

「虎も」

「虎もいません」

「では、なんの生きものですか？」

「あの、泥棒って、ほんとに当家に入ったと思われます？」

「どういう意味でしょうか」

「いろいろ調べてみたんだけど、もしかしたら蔵なんか破られていないのかもしれないのです」

思いがけないことを言い出した。興味津々の話である。

「ですが、こちらのことはすでに町の噂にもなっていますよ」

と、瓦版を見せた。

「あ、はい。これですよね。川西が気にしてました」

「なにを？」

「こんなふうに比べられるくらいなら、五千両盗まれたほうがよかったたって」

「そりゃあくだらねえな」

竜之助は呆れた。

「ですよね。でも、竜之助さま。わたし、なんかすっきりしないのです」

「どんなふうに？」

「ここでお話ししてもわからないと思います。あの蔵までいらしてください」

と、美羽姫は竜之助を庭の隅に案内した。

「わたし、先日、竜之助さまに訊かれたあと、いろいろ考えたり、調べたりしたのです。それで、ほんとにあれが軽気球だったのかなって思ったのです」

「ほう」

竜之助の推測も同じである。

「いろいろ書物も読みました。当藩の藩士で向こうの事情に詳しい者にも訊きました。軽気球って、わが国はまだつくることができていないみたいですよ」

「だから、あの盗人は南蛮人かもしれないと言われているのさ」

「ええ。わたしも軽気球をちゃんと見ていれば、そう信じたかもしれません。でも、いくら思い出しても、人一人が乗れる駕籠しか見えませんでした」

「警護の武士もそれは言っていたな」

「しかも、いいですか。そこから、そっちに消えていっただけなんですよ」

と、美羽姫は宙を指差した。

「わたしも母屋から駆けつけてきて、このあたりで見たのですが、駕籠がよろよろという感じでそっちに動いて行って、すぐに見えなくなりました。駕籠の中は人の姿さえ、よく見えなかったのです」

「人の姿も?」

「はい。家来たちは顔も見たと言ってましたよね?」

「ああ」

まっかな顔で茶色い髪をしていたと言っていた。

「そのときは、ここから見上げていたのです」

「ここからだな」

と、竜之助は同じ場所に立った。

「それで、盗人はいったん姿が見えなくなりました。すると、次に駕籠が見え、その駕籠はあっちに消えていきました」

「うん。もしかしたら、乗っていないかもしれないと」

駕籠は下から見上げるばかりだから、中に人が入っているか、見極めにくい。

「はい。それで、家来たちは急いで裏門に回り、そのあとを追いかけて行きました。わたしはすぐに馬小屋に行き、馬で後を追いかけようとしたのですが、騒ぎを聞いてやっと駆けつけてきた川西に止められました」

「追いかけようとしたのですか！」

竜之助は呆れた。まったく、たいしたじゃじゃ馬である。

「あのとき、追いかけていたら、正体を摑めたかもしれないのに」

「それは……」

速ければ見つかるというものではない。

「思ったのですが、あのときしばらく、蔵の周囲には誰もいなくなっていました。それで、もしもあの駕籠が浮かんでいたのではなく、たとえば黒く塗られた竿かなにかで下から支えられ、向こうに消えるように見せかけていたとします」

「ははあ」

美羽姫が言わんとしていることがわかってきた。

「それで、竜之助さま。こっちに来てください」

美羽姫は蔵の裏に回った。

「これを」

と、指差したのは綱である。

「ああ、これですな」

竜之助も見ていた。

なにかをこの蔵に留めておくためのつなぎだったのかと、そのときはちらりと思ったのだった。

「結局、南蛮小僧の姿を見失った家来たちももどって来て、蔵のカギを開け、中を確かめました」

「はい」

「千両箱がこじ開けられ、小判は消えていました」

「軽気球を追ったりしているあいだに、賊は逃げてしまったというのですね？」

「ええ。蔵の屋根に隠れていた賊が、この縄を伝って下に降りていたのではないかと思いました」

「なるほど」

見事な洞察力ではないか。

感心する竜之助の顔を見ていた姫が、

「竜之助さま。町奉行所に女の同心はいないのですか？」

と、訊いた。

「いないですな」

「残念ね」

「……」

竜之助はいまの話は聞かなかったふりをした。このうえ南町奉行所に、姫さま同心蜂須賀美羽などという珍妙なものが誕生したら、大変なことになる。いくらどさくさまぎれの世の中でも、それは駄目だろう。

「もしかして、この屋敷から誰かいなくなっていないかい？」

「いなくなっています。渡り中間《ちゅうげん》が。弥七《やしち》という名前だったそうです」

「そいつは現場にいたんですね？」

「うろうろしていたと思います」

「ふうむ」

と、竜之助は首をかしげた。

「どうかなさいました？」

「ここの蔵のカギは？」

「いま、開いてます。こんなとこ、ふだんは物置きみたいなもので開けっぱなしですから」

竜之助は戸を開けた。

古い簞笥《たんす》や大きな甕《かめ》、道具箱のようなものがところ狭しと並べられている。梅干しやどぶろくの匂いも混じっている。

「最初はここに隠れていたのですよ」

と、美羽姫が言った。

「でしょうね」

「それで、下からあの瓦のところを外して、屋根の上に出たのです」

「空から来たわけじゃねえとおっしゃるんですね」

「はい」

竜之助は足場になるところを辿《たど》り、いったん上まで上ってみたりしていたが、ふと、古い簞笥の引き出しに目をつけた。

そして、その前に立った。

「竜之助さま。どうなすったの？」

「ここに意外なものがあるかもしれませんよ」

そう言いながら、引き出しをゆっくり開けた。

「あ」

姫は思わず声を上げた。

なんと引き出しの中に、小判の山が築かれていた。

四

「盗まれていなかったのですか？」

「そうですね」

箱から出したとはいえ、小判千両はかなり重い。もし、駕籠に入れてそれを持ち出すとしても、ちゃちな駕籠などは壊れたりする。

もしかしたらと思ったのだ。

「どういうことでしょう？」

「盗人なら盗んだでしょう。でも、盗むより、軽気球で盗みをおこなうと思わせるほうが大事だったのかも」

「奇妙な連中ですね」

「まったくです」

こうなると、いままでのところもぜんぶ怪しく思えてくる。

「土佐藩の下屋敷でも盗まれたと騒がれていますね？」

「はい」

「たしか、姫のお友だちが」

あそこで象を飼っていたことがあるのだ。

「はい。桜子《さくらこ》姫が。何日か前も会いましたよ」

すぐ近くなので、しょっちゅう行き来しているのだ。

「話を訊いてみたいんですが」

「いいわよ。こっちから行く？　だったら、ヤギのお乳をしぼらないと。おみやげに持って行くって約束してたから」

「いや、おいらも急いでいるので」

「じゃあ、卵にします」

「ヤギの？」

「やあね、竜之助さま。ヤギは卵を産みませんよ。ニワトリ。うちのと桜子姫さまのところのニワトリとは、種類が違うから味も違うのですよ」

美羽姫は急いでニワトリ小屋に入ると、産み立ての卵を四つほどカゴに入れた。

二人並んで築地川沿いの土佐藩邸に来た。

美羽姫は顔なじみなので、すぐに中へ通された。

「竜之助さまが桜子姫さまにお訊きしたいことがあるんですって」

「はい。なんでもどうぞ」

美羽姫も変わっているが、桜子姫はその師匠のような存在である。美羽姫が小柄なのに比べ、こちらはひょろひょろ背が高い。

「この前入られたという南蛮小僧についてです」

「ああ、あれね。なんか変な話なのよ」

「変？」

「五千両盗まれたとかって言うんでしょ」

「世間ではそういうことになっていますよ」

「無くなっていないみたいよ」

「こちらもですか」

竜之助と美羽姫は顔を見合わせた。

「騒いだことは騒いだの。夜中に、空から妙なものが現われたって」

「軽気球ですね」

「そう言ってた。でも、わたしは見ませんでした」

「それで金を？」

「蔵の屋根は破られていました。でも、お金が盗られたというのはなかったみたいですよ」

「まるで同じですね」

「どうやら、怪しい中間がいたらしいの」

「もしかして、弥七というのでは？」

「あ、そうかもしれない。でも、その騒ぎがあって以来、責任を感じて辞めたそうよ」

「それがうちに来たの」

と、美羽姫が言った。来たらすぐに同じような盗みが起きたのだ。

「まあ、美羽さまのところにも？」

「竜之助さま。もう間違いないですね」

「なにが？」

「南蛮小僧の正体は、その弥七よ」

「いや、それは断定できません。だいいち、一人とは限らないのでね」

「あ、そうか」

美羽姫はすぐに納得した。

住み込みの中間を呼んでもらい、弥七のことを訊いた。

「賢そうなやつでしたよ」

「賢そう？」

「ええ。いつも書物を懐にしのばせていてね」

「どんな書物だったか覚えてるかい？」

「西洋なんとかというのもありました。あいつは、開国派でね」

「なぜ、わかる？」

「ときどき、異国の言葉を覚えているようでしたから」

「へえ」

それが異人である南蛮小僧の手先になったのか。

「弥七は誰かの紹介でここに来たのかい？」

「ええ。そっちの膳所《ぜぜ》藩にいる松五郎《まつごろう》っていうまあ顔役みたいなやつですよ」

渡り中間を紹介する元締めみたいな者がいるのだ。

組織になっているわけではない。だが、この顔役を無視して、適当な中間を雇ったりすると、あるじの大名が朝の登城の際、急に速度を上げた駕籠の中から転がり落ちたりする。もちろん、それで仕打ちなどしたら、今度はとんでもない仕返しが待っている。

いまや中間といえど、そうそうあなどれないのだ。

膳所藩邸に行き、その松五郎を呼び出してもらった。

「蜂須賀家に仕えていた弥七という男のことを聞きたいんだがな」

「ああ、蜂須賀さまを辞めちまったんですよね。南蛮小僧に入られた責任を問われたとかで」

「責任を？」

そんなはずはない。だが、当人はそう言ったらしい。

「いまは、どこに？」

「それが次を紹介しようと思ったら、身体の具合もよくねえんで、しばらく休みたいと言うんですよ。また、そのうち顔を見せるでしょうが」

「住まいなどは？」

「どこか長屋でも見つけたんでしょうか。いままではお屋敷住まいでしたのでね」

「弥七は蜂須賀家に来る前は、土佐藩邸にいたらしいな」

「そうですね。よくご存じで」

「その前はわからぬか？」

「ちょっと待ってくださいよ」

腰に下げていた帳簿のようなものをくった。

「あ、わかった。薩摩藩邸ですね。芝浜のところの」

やはり、薩摩とからんでいた。

「わかった、ありがとうよ」

踵《きびす》を返そうとしたとき、

「薩摩の前は、田安家にもいましたね」

「え？」

思わず足が止まった。

五

奉行所にいた岡っ引きの文治を伴い、竜之助は京橋の天野屋に行った。

店の前に立ち、しばらく商売のようすを眺めた。

荷車が山ほど荷物を積んで出て行くと、反対側から空の荷車が帰って来た。

店の中には客がいっぱいいいて、手代たちが笑顔で挨拶している。

「繁盛してるよな、文治」

「ええ、してますねえ」

「商売のことはよくわからねえが、三千両といったら大金だよな」

「そりゃあそうですよ。うちの寿司屋だったら、三千両どころか、三十両盗まれたら、仕入れができなくなってつぶれます」

「ふうむ」

そんなようすは微塵《みじん》もない。あいかわらず景気はよさそうである。

「ま、ちっと話を聞こう」

と、あるじを呼んだ。

「捕まりましたか、下手人は？」

あるじはせっつくように訊いた。

「いや、まだなんだよ。それで、蔵を見せてもらおうと思ってな」

「もう直してしまいましたよ。いつまでも人が入れるままにしておけませんので」

あるじは笑って言った。

「三千両も盗まれて、店は大丈夫なのかい？」

「いやあ、大変ですよ。それでも、店の者が皆、頑張ってくれていますのでね」

なんともそつのない答えである。きれいごとの臭いがぷんぷんする。

「ここは薩摩藩の御用達なんだってな？」

「ええ、薩摩さまにはご贔屓《ひいき》いただいています。それがなにか？」

どことなく居直ったふうにも感じられた。


高輪の総林寺にも、もう一度、行ってみた。

もちろん寺の中まで立ち入りはできない。

境内はのんびりしている。

「おい、文治」

と、竜之助は本堂のわきを指差した。大工や左官が来ていて、足場をつくり始めていた。

「なんだよ、改修をやるんじゃないか」

「そうみたいですね」

「改修の資金が盗まれたのにな」

「そうですよね」

墓地のほうにまわった。

ちょうど墓参りの人がいた。

「こちらに薩摩藩士の墓などはあるかい？」

と、声をかけた。

「ええ。ございますよ。そのあたりはほとんどそうでしょう」

右手の一角を指差した。

「薩摩とはゆかりがあるのかね？」

「ゆかりはよく知りませんが、すぐそこは薩摩さまの抱え屋敷ですよ」

と、墓地の向こうのなまこ壁に囲まれた屋敷を指差した。

六

竜之助が奉行所にもどったのは、すでに暮れ六つ（午後六時）過ぎになっていた。

今日一日の動きについて、上司の矢崎三五郎に報告する。蜂須賀家と土佐藩邸の件は、中に入ったことは言わず、渡り中間の顔役に会ったことだけを伝えた。屋敷の中に入って姫さまたちに話を訊いたなどと言おうものなら、

「おめえ、なに、図々しいことをやってるんだ？」

などと怒られかねない。

「どこも盗まれていないだって！」

矢崎は大声を上げた。

この騒ぎに大滝治三郎もそばにやって来た。

「ええ、おそらく天野屋も浜田屋も、総林寺も、それから阿波藩邸も土佐藩邸も」

「狂言か」

「おそらく」

「店側もつるんでいるのか？」

「と思います。ただ、大名屋敷のほうは……」

「天野屋だの浜田屋あたりは、脅せば吐くかな」

「たぶんなにか約束のもとにやったのでしょう。町方に手出しはさせないとでも

いうような約束です」

「奉行所に圧力がかかるってことか？」

「たぶん」

「奉行所に圧力をかけられるとしたら、よほどのところだぞ」

矢崎はやってみたそうな顔をした。

「よほどのところでしょうね」

「とすると、薩摩か」

「そこがいちばん臭いというか、いまのところ、いろんな糸が薩摩藩へとつながっていきますね」

「そうだな」

「ただ、どこかはともかく、なぜ、そんなことをするかです」

「盗んでいないとしたら、捕まえても罪にすら問えねえぜ」

「そういうことです」

「じゃあ、なんなんだ。遊びか」

「遊びねえ」

もしかしたら、それもあるのだろうか。

町奉行所や幕府をからかう遊び。そんなことを繰り返せば、幕府の権威の失墜には役立つかもしれない。

もし、薩摩に噂どおり倒幕の意志があるのだとしたら、こうした工作はかなり有効かもしれない。

「では、幕府の隠し金のことも狂言か」

「それです、問題は。おそらく狂言で殺しまではしないでしょうね」

金蔵奉行たちが殺されているのだ。

本気で隠し金のありかを探ろうとしている。

「じゃあ、いままでのことは、すべて幕府の隠し金を盗むためってことになるのか？」

「ええ。たぶん、それが本当の狙いなのでしょう」

「ううん、わからねえなあ」

矢崎は頭をかきむしるようにした。

「教えてくれ、福川」

「いや、おいらも考えているのです」

竜之助は、同心部屋をぐるぐる歩きまわった。

そこへ、高田九右衛門が来た。あいかわらず暢気《のんき》そうな顔である。

「どうしたんだ、福川？」

「考えごとをしていまして。どうも、ごちゃごちゃして、糸と糸がうまくつながりません」

「そういうときは食いものに頼るべきだな」

「食いものに？」

「フグじゃないぞ」

「それはもちろん」

フグではこの同心部屋の一同がひどい目に遭っているのだ。

「だが、温まるものがいい」

「おいらは飯のことより、謎の解決が先です」

竜之助は帰ってから、やよいのつくった飯を食べるつもりでいる。芝の亜米利加屋にも行かなければならない。

「そなたはまだわかっておらぬ。わしの閻魔帳《えんまちょう》は、働きづめの同心を高く評価しているわけではないぞ。町方の同心というのは、適度に息抜きをして、町の連中と触れ合うのも大事な仕事なのだ」

「それはそうでしょうが」

「いま、追いかけている仕事を早く解決したいのはわかるが、そのためには滋養をつけ、頭の働きをよくするのが大事だ」

高田がそう言うと、

「福川。高田さまの言うことにも一理ある。ここは勧めに従ってもいいのではないか」

矢崎が言った。

「そうだ。腹が減ったな」

大滝まで同意した。

「すぐそこに、安くてうまいアンコウ鍋の店ができた。あれはいい。毒で当たることもないし」

高田は厭味《いやみ》たらしく言ったが、

「アンコウはあったまるんですよね」

と、矢崎は嬉しそうに言った。

高田のあとをついて、ぞろぞろとアンコウ鍋の店に入った。高田もまんざらではないらしい。喜んで煙たがられているわけではないのだ。

「じゃあ、おなじみの吊し切りをご覧いただきましょう」

あるじが調理場にアンコウを吊した。

吊して水を飲ませてから、切り裂く。

「なんのために吊すんだい?」

と、竜之助が訊いた。

「こうやって水を飲ませてだらりとさせといたほうが、皮も剝《は》ぎやすいし、さばきやすいんですよ」

皮を引っ張ると、ぞろぞろという感じで剝《む》けていく。

「当たりもつけやすいし」

と、包丁を入れていく。

「当たりをね」

と、竜之助はつぶやいた。

南蛮小僧の一味もいろいろ当たりをつけているのだ。

これは、探り合いだ。

将棋や囲碁のようなものなのかもしれない。

南蛮小僧一味があの手この手で攻めて来ている。一方に、幕閣の中心になって守りの手をつくった者がいるはずである。

その手のうちを知りたい。

つくったのはもしかして……いや、いまの幕閣の中心にいるのは、小栗に間違いない。

隠し金のありかにしたって、決めたのは小栗ではないか。

――これは小栗忠順の秘宝捜しなのだ！

七

村島慎吾と西野修一郎が、本芝四丁目の飲み屋〈亜米利加屋〉にやって来ると、あるじの新吉が外に出かけるところだった。もう陽は落ち、店の前の提灯にも灯が入っている。

「おう、出かけるのか？」

「あ、すぐもどりますので。バーボンは仕入れておきましたよ。たっぷり飲んでください」

新吉は愛想のいい笑顔を浮かべ、薩摩屋敷のほうへ歩いて行った。

中に入ると、パイパイが、

「ノルク、ムラシマさん、ニシノさん。アリマさんは?」

ノルクというのは、「いらっしゃい」の意味なのだ。

「有馬はちょっと遅れて来る」

ほかに客がいた。二組、六人ほど。すでにだいぶ酔っ払っているらしい。飲んでいるのは、例の贋物の異国の酒である。

台の前の樽が二人分空いていたので、村島と西野はそこに座った。

「ポンノ、バーボン」

村島は棚の瓶を指差した。

「バーボン、バーボン」

パイパイは笑顔で酒を注いだ。

「流行りはじめているみたいじゃないか」

村島はパイパイの顔を見ながら言った。もちろん、なんの応答もない。

しばらくして、有馬右京が来た。

「遅かったな?」

村島が訊いた。

「うん。上屋敷から連絡が来たりしたのでな」

「なにか動きがあったのか？」

「いや、違った」

「動かぬな」

「ああ」

「そなたのところがいちばん怪しいのだがな」

村島がそう言うと、

「なにせ穴八幡《あなはちまん》が近所だ」

西野が笑った。

「昔から穴八幡は通じているという噂もあるし」

「隠し金はあそこか」

「おい」

村島と西野の話に、有馬はちらりとパイパイを見た。

「大丈夫だ。言葉はわからぬ」

「なあ、村島、こうなったら、いっそ動かしてみるか？」

「動かす？」

「いっきに掘って、通じているかどうかを確かめるのさ」

「馬鹿。そんなことをしたら、警戒され、二度とできなくなる。これは一発勝負なのだ」

「そうだな。わかってるよ、冗談だよ」

有馬は村島の機嫌を取るように、バーボンを茶碗に注いだ。

そこへ、あるじの新吉がもどって来て、

「どうも、いらっしゃい」

村島たち三人に愛想のいい笑顔を浮かべた。

「繁盛してるじゃないか」

「はい。おかげさまでね」

「南蛮小僧さまさまだな」

「そうかもしれませんね」

新吉が笑ったとき、また、戸が開いた。

さらに客が一人入って来た。短い着物に半纏《はんてん》を着て、中間ふうの男である。

「おう、弥七」

「一杯やれ」

弥七は、台の前にもう席はないので、樽を寄せてきて座った。

村島たちが酒を勧めると、

「あいつ、ここのあるじですか？」

と、弥七は新吉に目をやりながら小声で訊いた。

新吉はもどると、客の注文に応えて、店の外に七輪を出し、魚を焼きはじめた。中で焼くと煙がこもってしまうのだ。

「ああ、そうだが、どうかしたか？」

「あいつ、いま、薩摩屋敷の前を歩いていたんです」

「ああ、さっき出て行ったよ」

「あっしは横道に入って立ち小便をしていたのですが、野郎は近くに人がいないのを確かめると、これを貼ったんです」

弥七は紙を村島に渡した。


まだまだ警戒が甘いぞ。

一万両はかならずいただくからな。南蛮小僧

「あいつが貼っていたのか？」

「そうなんです」

「わかった。あの野郎。この店に客を呼ぶのに騒ぎを起こしているんだ！」

村島は、声を荒らげた。

有馬がちらりとパイパイを見た。

「大丈夫だ。言葉がわからない」

と、西野が言った。

「まったくわれらが薩摩のしわざにしようとしているときに、南蛮小僧が薩摩を脅していたのではしょうがない」

村島はそう言って、茶碗のバーボンをいっきに呷《あお》った。

「しばらくやるだろうな」

「始末するか」

「客がいなくなったらな」

三人はうなずき合った。


と、そのとき——。

戸が開いて客が来た。

冷たい風が入り、客は皆、文句を言うような目を入り口に向けた。だが、入って来た客を見て、焚火《たきび》に出合ったような目に変わった。

「いらっしゃい」

魚を焼き終え、客に運んだばかりの新吉が、嬉しそうに言った。

若い女だった。愛らしく、生き生きした表情をしていた。連れはいないらしい。だが、女は物おじしない視線を、店の中に向けた。

その女の客と、村島の目が合った。

「あ、そなたは、奥女中のやよい」

村島が指を差して言った。

「おや、村島さま」

やよいは慌てたようすもなく、出入り口に近い樽に腰をかけた。

「そなた、上屋敷にいたのが、急にいなくなったではないか。辞めたのか？」

「いいえ。辞めてなどいませんよ。それより、村島さまは四谷の下屋敷詰めだったはず。どうしてこんなところに？」

「うむ。こっちに友だちがいたのでな」

「そうでしたか」

村島は鼻白んだような顔をした。

やよいは異国の酒というやつを一杯だけ頼み、うまそうに口の中で転がした。

やがて、客が減りはじめた。

「今宵は出ないみたいだな」

「残念でしたね」

「おれたちも帰るぜ」

これで二組がいなくなり、残ったのは台の前に座った村島たちと、奥の樽に座ったやよいだけになった。

「なあ、やよい。お前がここに来たということは、もしかして昨夜、ここに来た同心に頼まれたのだろう？」

「え、なにをおっしゃっているので」

と、やよいは惚けた。

「とすると、あの同心はやはり田安の竜英さまということになる」

「よく似ている方だと思いますよ」

「まあ、いい。たぶん、また、ここに来るのだろう。そなたたち、やはりできていたのか？」

「できていたというと？」

「惚けるな。男女の仲だったのだろうというのだ」

「そんな邪推は」

と言いながらも、やよいは嬉しそうな顔をした。

そのとき、有馬右京が、

「おい、この女、日本語がしゃべれるぞ」

と、声を上げた。

「なんだと」

村島と西野がパイパイを見た。

「いま、あるじに、早く逃げたほうがいいってささやいたぞ」

「なに？」

男たちの問いかけに答えず、

「新吉さん、早く逃げて！　あんた、紙を貼ってるところを見られたよ。殺すって言ってたよ！」

と、パイパイは叫んだ。

「ちっ、しまった」

新吉が慌てて外に出ようとしたが、村島の動きは素早かった。

刀を抜き、新吉の胸に突き刺した。

やよいも止める暇がないほど迅速な動きだった。

「新吉さん！　ひどい。あんたたち、なに、するんだい。隠し金がどうのこうのって。ははあ、わかった。南蛮小僧はあんたたちなんだ。それで、贋者が出たってんで、見張りに来やがったんだ」

「女。お前も命がいらないのか？」

西野が台の中のパイパイに刀を突き刺そうとしたとき、後ろから飛んできた茶碗が腕を打った。

「痛てて」

茶碗を投げたのはやよいである。

「こやつ」

「早く逃げなさい！」

やよいは叫んだ。

だが、パイパイの動きは鈍く、胸を一突きされるのが見えた。

「ひどい」

村島がこちらに来た。

やよいも素早くたもとから短刀を出して逆手に持った。

「そなた、女忍びか」

「どうかしら」

やよいはしらばくれた。

「あの同心が来るのを待っているな。だが、もう終わりだ」

村島の剣が下のほうから来た。一歩下がって、腰かけにしていた樽を蹴った。

樽は小さく飛んで、村島の剣を受けた。

同時にやよいは、左手で小柄《こづか》を放った。短刀に仕込んでおいたものである。

「うおっ」

村島はのけぞってようやくかわした。

「こいつ、やるぞ」

西野と有馬も、やよいに刀を向けてきた。

八

竜之助はすっかり遅くなってしまった。

結局、アンコウ鍋の店で矢崎たちは酒を飲みはじめ、放してくれなくなった。

竜之助としては、町に明かりがあるあいだ、隠し金のありかを捜しに歩きたかったのだが、

「明日からだ」

という矢崎の命に押し切られた。

大滝と矢崎からは、

「嫁をもらったほうがいい」

と、しきりに勧められた。

「瓦版屋のお佐紀は福川にぞっこんだろう」

大滝はそんなことを言った。

「だが、やよいちゃんもかわいいよな」

と、矢崎はやよいの肩を持った。

「いや、あんな色っぽい女を嫁にしたら、おいらは仕事になりませんよ」

「え、色っぽいかね？　あれは、かわいいと言うのだ。色っぽいというのは、ほら、ここの女将《おかみ》さんみたいな女を言うのさ」

矢崎は顎をしゃくるようにした。

女将は矢崎の話が聞こえていて、いそぎんちゃくのように笑った。

竜之助が見るに、ここの女将は色っぽいというよりも毒々しいという気がした。

結局、竜之助も三合くらいは飲んでしまったか。酔いはしないが、多少いい心持ちで、八丁堀の役宅にもどって来た。

まずは酔いを醒《さ》ますのに水を一杯もらおうと、奥に声をかけた。

「ただいま」

「………」

「いま、帰ったぜ」

「………」

いつもの返事がない。あの、浮き浮きしたような、楽しげな返事。それがないというのは、なんと寂しいことなのか。

——ん？

なんの気配もない。やよいがいない。

そういえば、

――もしかしたら、まだ芝の亜米利加屋からもどっていないのか。

台所を見た。晩飯のしたくはしていない。

竜之助もあとで行くと言っておいて、行かなかった。もう帰っているだろうと思ったからである。

また、外に出た。

亜米利加屋に向かうつもりである。

夜の町を駆ける。

寒い。襟巻もない。やよいがいないからだ。

やよいがいない暮らしは考えられなくなっているのか。

だが、あんな色っぽい女は駄目だ。

竜之助は、走りながら首を横に振り、

「駄目だ、駄目だ」

と、口にした。

亜米利加屋に着いた。

灯が消えている。なんの物音も聞こえない。

だが、戸は開いた。

血の匂いがしている。

真っ暗でわからない。近くの番屋に行き、明かりを借りて来た。町役人と番太郎にもついてきてもらう。

胸が鳴っている。

やよいの無事を祈っている。

男が倒れているのが見えた。

その向こうに女が倒れている。

俯《うつぶ》せになっていたのを、手を回し、仰向けにした。

「よかった」

思わずそう言った。

やよいではなかった。昨夜、台の中にいた女ではないか。

――ん？

肩がかすかに上下している。まだ息がある。

「医者だ」

「呼んできます」

町役人が飛び出していき、竜之助は店の中の押入れから裏口などをくまなく調べた。

やよいの姿はどこにも見つからなかった。

第五章　小栗忠順の隠し金

一

妙なことになった。

こんなおかしな状況というのも、そうはないのではないか。

竜之助は隠し金のありかを知りたい。それを守るためには当然である。どこにあるのかわからないものを、守ることはできない。

だが、わからない。

南町奉行の小栗忠順は知っている。それどころか、隠し場所を決めたのも小栗ではないかとさえ思えてくる。

一晩中、やよいを捜しまわったあと、朝いちばんに奉行所へ行き、奉行の小栗に面会を求めた。

「どうした、福川？」

「ええ。いろいろとありまして」

あのあと、番屋から奉行所に連絡が行き、宿直《とのい》の同心や小者たちも駆けつけてきた。いまごろは、亜米利加屋のあるじ殺しの下手人について調べを進めているはずである。もう一人倒れていた女の命は助かりそうだった。

だが、竜之助としては、やよいの命を救うほうが大事である。それにはおそらく、隠し金のことをもっと知らなければならない。

「お奉行、訊くわけにはいかないですよね？　隠し金の場所を」

と、竜之助は小栗に訊いた。

「そりゃあな」

「立場上そうですよね」

人ひとりの命がかかっていると言いたいが、聞いたからといってかならず助かるものでもない。単に小栗を苦しめるだけになってしまう。

「なにせ、老中や若年寄はなんとしても極秘を貫きたいと言っているしな」

「ええ」

「じっさい、これまで機密は守られてきた」

「噂はいろいろありますが」

「うむ。しかし、皆、頓珍漢《とんちんかん》だよ」

小栗は苦笑した。

「狙っている連中もわからないわけですよね」

「そうだな。まあ、わしももうすこしくらいは言いたい気持ちもあるのさ」

「そうなのですか？」

「そりゃあそうさ。そなたもふくめて皆、もやもやした気持ちで、調べを進めているのだろう」

「はい」

まさにその通りである。

「つらいところなのさ。だが、なにせ、わしの金ではないしな」

小栗はとぼけた口調で言った。

「ぷっ」

と、竜之助は思わず噴き出した。

「面白いよな」

小栗も笑った。

「面白いですねえ」

やよいの危機を抜きにすれば、これはやはり面白い状況には違いない。

「その、面白がるという気持ちが大事なのだぞ。攘夷、攘夷と目くじらを立てている連中を見てみろ。これから接する見知らぬ国や文物について、面白がろうという気持ちなどまるでないのだ。それがまた、顔に出るのさ」

「顔に？」

「その点、福川の顔はいい。まるでつっぱらかっておらぬ」

「はあ」

なにか気合いの入らない顔と言われている気がする。

「それはともかく、隠し金の場所をわしに訊いても駄目だ」

「では、当ててみせます」

と、竜之助は言った。もはや、それしかないではないか。

「ほう」

「金額だけ教えてくれませんか？」

「ううむ」

「幕府の最高機密ではあるでしょうが」

膝を進め、半身を前に傾けるようにした。そっと耳打ちして欲しいという訴えである。

「では、これは同心の福川竜之助に教えるのではないぞ」

「とおっしゃいますと？」

「持ち主であられる徳川家の竜之助さまにお教えするということで」

「はい」

初めて徳川家に生まれてよかったと、思ったかもしれない。

小栗の顔がふっと緊張して、

「百万両」

と、言った。

「……百万両！」

これには驚いた。

それはどれくらいの価値なのか、考えようとした。だが、一万両あたりから先は、靄《もや》がかかったようになっている。

江戸時代のお金を現代に直すのは難しい。だが、ふつう大雑把《おおざっぱ》に一両十万円という見当である。とすると、一千億円。なかなか想像がつかない。

「凄いだろう」

「ええ」

「だが、攘夷勢力によって倒幕軍が組織されたとする。その軍勢に、異国の協力も得たりして対抗しようとしたら、これくらいの金はゆうに必要となるのだ」

「そうかもしれませんね」

「さあ、では、当ててみよ」

と、小栗は微笑んだ。


竜之助は、外に出た。

謎解きなどというのは、奉行所の中にじっとしていては名案が浮かんだりはしない。

「福川さま。どちらに？」

門前にいた文治が寄って来て訊いた。

「うん。宝探しだ」

お濠《ほり》端を歩き出しながら言った。

「宝探し？」

「途方もない財宝を、文治だったらどこに隠す？」

「そうですねえ。あっしなら、てめえん家に置いても物騒ですから、神田明神に頼んで預かってもらいますかね」

「なるほど。神社仏閣というのはありうるかな」

徳川家ゆかりの上野の寛永寺《かんえいじ》と、芝の増上寺《ぞうじようじ》。どちらの境内にも家康公を祀った東照宮もつくられている。

「千両箱というのは、どれくらいの重さなんだろうな？」

竜之助は文治に訊いた。

「中に千両入っていて、重さは四貫目（十五キログラム）よりちょっと軽いくらいだといいますね。盗人もあれを抱えて逃げるのは容易なこっちゃねえと」

「四貫目か」

百万両だと、千両箱で千箱。四千貫目。

隠すのに、それほど場所は取らないだろう。蔵でなくても入れておける。だが、重さはかなりあるので、ふつうの家の中には入れておけないだろう。寺や神社も、かなりしっかりしたつくりでないと、床が抜けてしまうのではないか。

それだったら、むしろどこか土間の隅に積んでおいたほうがいい。

土間ならどこにだってある。すると、隠し場所は無数にある。

だが、運ぶのは容易ではなかったはずである。一人で千両箱二つを持てなくもないが、歩みなどは遅くなる。一人一つ持ち、すばやく移すとなれば、千人の行列になる。大名行列どころでない。

しかも、千人もの小者に千両箱を運ばせておいて、極秘になどできるのだろうか。人目に触れれば、それだけで噂になるだろう。箱を覆って気づかないようにしたのか。だが、ああいうものは持ったときの感触でわかりそうな気がする。

いつ運んだのかは知らないが、少なくともこれまでは秘密が守られているのだ。

日本橋まで来て立ち止まり、

「ううむ。難しいなあ」

と、奉行所から持ってきた絵図面を開いた。

一枚に江戸のぜんぶを描いたものである。もちろんお城が中心で、そこをお濠が二重に囲んでいる。

攘夷勢力は西国の藩が多い。

それが攻め上がって来ることを考えれば、東海道筋には隠さない気がする。とすると、芝の増上寺はない。

「上野の山あたりを歩いてみるか」

竜之助は文治とともにとりあえず寛永寺に向かうことにした。

二

やよいは、静かに頭を落とし、座っていた。後ろ手に縛られ、柱にくくりつけられているが、猿ぐつわはされていない。

見張りは二人、武士と中間がいる。武士は田安家の村島慎吾ではない。昨夜いっしょにいた知らない男である。中間は、ここで初めて会った。

どこかの屋敷の離れのようである。

外の物音はまったくしないので、かなり広い屋敷だろう。

柱や襖、欄間のつくりなどを見ても、かなり裕福な家である。だが、なんとなく田安家の下屋敷のような感じはしない。これは勘なので、当てにはならないかもしれない。

田安家の下屋敷は、霊岸島のほか、深川の小名木川《おなぎがわ》沿いと、四谷の大木戸のわき、それと四谷屋敷に隣接して抱え屋敷がある。このうち、舟を直接つけられるのは、霊岸島と深川の屋敷である。四谷の屋敷もつけられなくはないが、渋谷川《しぶやがわ》からぐるっと回るのでかなり遠回りになる。

昨夜、舟に乗っていたあいだは、そう長くはなかったのだ。

それにしても、昨夜はあぶなかった。

三人とも腕が立ち、小柄をかわされたあとは短刀だけで勝負にならなかった。刀を向けられ、殺されそうになったとき、

「ちょっと待て。この女、ただの奥女中じゃない」

と、村島が止めたのだった。

「だろうな」

「なおさら、生かしてはおけまい」

すると、村島は意外なことを言ったのだ。

「待て、待て。田安家の竜英さまは、この奥女中に惚れている」

「え？」

「わしは、竜英さまがこの女の後ろ姿を見つめる視線を覚えている。あれは間違いなく、惚れた男の目つきだった」

――竜之助さまが。

「竜英さまは近ごろ姿を見ないと思ったら、どういうつもりか町奉行所の同心をしていたわけだ」

「なんのつもりなんだろうな」

「しかも、同じころ、この女も姿が見えなくなった」

「いっしょに八丁堀にでもいるのか」

「なにか、使えるかもしれぬ。とりあえず、捕まえておこう」

村島はそう言ったのである。

――無事でよかった。

こうなれば、なんとしても脱出して、若さまにこのことを報せなければならない。南蛮小僧の正体は、田安家の家臣である村島慎吾と友人たちなのだと。

そのときのため、やよいは身体中の力を抜いて、体力を温存させているのである。

とそこへ――。

「よう、有馬。どうだ、おとなしくしていたか？」

村島が顔を出した。

「ああ、すっかり観念したらしい」

有馬はうなずいた。

「やよい。お利口だな」

村島はそう言って、懐からギヤマンの瓶を出した。

「なんだ、屋敷からバーボンを持ってきたのか」

「そうさ。この前の金蔵奉行は下戸だったのでしくじったが、この女、昨夜はうまそうに飲んでいたからな」

「…………」

あんなに飲むんじゃなかった。

「これを飲んで、いろいろと話してもらうぞ」

「なにをなさいますか？」

やよいは怯えたふりをした。

「おい、鼻をつまめ」

有馬がやよいの顔を上に向けさせ、鼻をつまんだ。

「痛いッ」

「暴れるからだ。じっとしていろ」

やよいは暴れるのをやめたが、鼻はつままれたままである。苦しくなってきて、口を大きく開けた。そこに酒が注ぎ込まれた。

――あ、この酒、おいしい。

と、やよいは思った。

きつい。日本の酒と比べたら、ごほっと咳が出るくらい、とくに最初の一杯はきつい。あの亜米利加屋で出された酒は、こんなにきつくなかった。日本の酒のような甘みもあった。

だが、なんとも言えないくらいのコクと香りがある。焦げた匂いも悪くない。

「あっ、やめてください」

と、言った。一杯だけでやめるのはやめて。

また、鼻をつままれ、酒を流し込まれた。

アメリカの酒だろう。荒々しく、力強い。こんなにおいしい酒を毎晩飲んでいたら、アメリカ人は全員、馬鹿になってしまわないのか。

吐く気もないのに、

「おぇっ、おぇえい」

と、えずいてみせた。

三

いったん上野の山に向かおうとした竜之助だったが、日本橋を渡り切ってすぐ、足を止めた。

「どうかしましたか?」

「うん、ちっとな」

竜之助は考えた。

南蛮小僧の一味は、いろいろ偽装をほどこしている気がする。

薩摩藩の影がちらちらすることもそうだ。

だが、これはちらちらしすぎではないか。逆に、薩摩藩に疑惑を向けさせようとしている気がする。

とすると、薩摩とは対極にいる者たちのしわざなのか。

——まさかなあ。

竜之助はある考えが閃《ひらめ》いた。それは亜米利加屋で見かけた男のこともあったせいかもしれない。

だが、もしそうであれば、隠し金の話を耳にしたりしてもおかしくはないのだ。

「よう、文治。ちっと調べて来てもらいてえんだ」

「なんでしょう？」

「もしかしたら、天野屋や浜田屋が、徳川の家とも取り引きがあるかもしれねえ。文治、探ってみてくれねえか？」

「と、徳川さまと？」

文治はひるんだ。

「大丈夫だ」

「大丈夫だとおっしゃられても」

「ただ、店が取り引きしているかどうかがわかればいいんだ。それ以上はなにも突っ込まなくてもいい」

「わかりました」

文治とは奉行所で待ち合わせることにした。

文治を見送って、竜之助はさらに考えた。

江戸中をことこまかに歩きまわれば、なんらかの兆候や気配が見つかるかもしれない。だが、いまはもうそんな暇はないのだ。やよいの命がかかっている。一刻も早く、連中の正体や狙いを知らなければ、やよいを助け出すこともできない。

南蛮小僧は、隠し金という幕府の最高機密について知っているくらいだから、小栗の人柄や経歴などについてよく知っているのかもしれない。

それで、小栗のしそうなことなども推測したのではないか。だが、たぶんまだ迫り切れていないのだ。

——小栗とは、どういう人柄だろう？

もちろんある程度のことは竜之助にもわかる。とにかく頭が切れる。直接、アメリカやヨーロッパなどを見てきたので、視野が広く、考え方にも幅がある。豪胆《ごうたん》、かつ繊細である。果断だが、思いやりもある。

こう並べると、いいところばかりである。

——だが、人というのは、そういうものじゃないよな。

と、竜之助は思う。それは、町方の同心として、日々、江戸の悪事を見つづけてきて思ったことでもある。

いまの小栗は、自分が理想とする姿に、自分を近づけてきた小栗である。

その裏には、押し隠してしまった自分や、忘れてしまった自分もある。そして、なにかを隠すなどという行為のときは、むしろそういった押し隠した自分、忘れてしまった自分が顔を出すのではないか。

——子どものころの小栗を知りたい。

その子どものころを知っている男がいる。

竜之助は、お城の北のほうに向かった。

江戸城田安門。

ここらは濠が深く、景色がいい。こんなにいい景色なのに、ここに住んでいても、のんびり景色を眺めたことなど一度もない。それもおかしな話である。

「ちっと、すまねえんだが」

思いっ切りべらんめえ口調で門番に声をかけた。

もしかして、顔に見覚えがあったりするかもしれないので、顔も変なふうに歪ませている。

「なんだ？」

「あのよぉ、田安さまのご用人の支倉さまに呼び出されて来たんだがよぉ」

これじゃ町のごろつきである。どうも、べらんめえ口調は緊張するとうまくいかない。

「支倉さまに？　町方の同心が？」

「うん。それで、支倉さまが出て来てくれることになってるのさ」

「本当か？」

「嘘なんざ言わねえよ。伝えておくれよ。南の福川ってのが来たって」

横を見るようにして言った。

門番はいちおう素直に屋敷のほうへ向かったが、ほかの門番に、

「変なのが来た」

と言ったのは聞こえた。

まもなく支倉が飛ぶように出て来たので、

「おい、言葉使いに気をつけろよ」

と、竜之助は両手を前に出すようにして、先に言った。

「え、あ、なんじゃ、福川ではないか。どういたした？」

爺《じい》もなかなか機転が利く。

「ちと、訊きたいことがあってきた。中は駄目だ。こっちに来てくれ」

濠の反対側に連れ出した。

門番たちが怪訝そうに見ている。

「じつは、小栗忠順のことを訊きてえのさ」

「小栗がどうかしましたか？」

「いや、説明すると面倒で長くなる。とにかく急を要するんだ。小栗がどんな子どもだったかを教えてもらいてえんだ。知ってるんだろ？」

「それはもちろん、親類の集まりでもしょっちゅう顔を合わせていましたから」

「なんか妙な癖とかあっただろ？」

「ま、変わった子どもではありましたな」

　支倉は遠い目をして言った。

「どんなふうに？」

「煙草を早くから吸い出しましてな。十になったかならないかくらいでしょう。一丁前に煙管《きせる》をこう持ちましてな。鼻からぷーっと煙を出して。その珍妙なようすときたら」

　思い出したらしく、ひとしきり腹を抱えるようにした。

「煙草ねえ」

　煙草と宝の隠し場所になにかつながりはあるだろうか？

小判をすべて金の煙管につくり変え、煙草屋の店頭に並べる？　そんな馬鹿なことはするわけがない。

「煙草のほかは？」

「煙草のほかねえ。そういえば、寝小便が治るのは遅かったですね」

「ふうん」

「煙草を吸いはじめたころも、まだしていたのではないですかね。煙草吸ってて、寝小便しますかね。あっはっは」

支倉は笑った。だが、人というのはそういうものだろう。もっとも宝の隠し場所と関係があるとは思えない。

「ほかには、どうだい？」

「そういえば、妙な性癖がありましたな」

「性癖？」

「ええ。穴を掘るのが好きでしてね」

「穴を？」

「ちょっと目を離すと、庭の隅で土を掘り返していたりするんです。放っておくと、人が入れるくらいの穴を掘ったりするんですよ」

「へえ」

あの小栗がそういうことをしていたなんて、面白いものである。

「訊いたら、穴が好きなんだと言ってましたっけ。皆は心配しましてね、あいつは大人になったら、泥棒か女たらしになるのではないかと」

「……………」

泥棒はわかるが、あとのほうの意味はよくわからない。

「そんなところですか」

と、支倉は思い出すことをやめたみたいである。

「いや、その穴が好きというのは面白いな。そういえば、おいらは田安の家にいるとき聞いたことがあったんだよな」

「なにをです？」

「この千代田《ちよだ》のお城には、人知れず掘られた穴があるんだって。それは万が一、この城を取り囲まれたりしたとき、将軍が脱出するためのものなんだと」

「誰がそのようなことを」

「だが、おいらはそういうこともあるだろうなと思ったぜ」

「……………」

　支倉がしらばくれたようによそのほうを向いた。爺のこういう態度はめずらしい。

「そうだよ。おいらはいま、定町廻りの見習いで、江戸の町をぐるぐる回っているだろ。その途中でも聞いたよ、その穴のことは」

　それは噓ではない。ただ、そのときはただの噂だと思って、ほとんど本気にしていなかった。

「まったく、もう、町人どもは好き勝手を言いますから」

「どこに通じているとか言ってたっけなあ」

　そう言って、支倉の顔を見ながらゆっくりと言った。

「牛込《うしごめ》あたりの高台に出るとも聞いたよなあ」

「牛込ですか」

　支倉の表情に変化はない。

「そうだ、早稲田《わせだ》の穴八幡に出るって話も聞いたことがある」

「ほう、ずいぶん遠くまで行くのですな」

　これでも表情は変わらない。

「あ、そうだ。甲州街道へ抜けるのもあるんだよな。いったん八王子《はちおうじ》で態勢を整えるとかいって」

　またしても表情は変わらない。だが、こぶしをぎゅっと握りしめたのがわかった。

「そういえば、甲州街道《こうしゅうかいどう》沿いに田安の下屋敷があったよな」

「……」

　支倉は、身をよじるようにした。

「そうだよ。いくら抜け穴だって、そこらの道端にぽこっと出て来たりはしねえよな。出ても安全なところに出口もつくるに決まってるよ」

「若」

　支倉は竜之助を見た。

「なんだい？」

「なにとぞ、その話はそこまでにして」

「うん、わかった。それさえわかればいいんだ」

　竜之助は踵を返し、奉行所に向かった。

　文治とは奉行所の前で会った。

「福川さま」

ひどく息を切らしている。天野屋は日本橋から近かったが、芝の浜田屋はすこし遠かったかもしれない。

「どうだった？」

「はい。福川さまが睨《にら》んだ通りです」

「やっぱり」

「どちらも薩摩藩と取り引きするほか、天野屋のほうは田安家御用達、浜田屋は一橋家御用達でした」

「うん、それだけわかれば充分だよ」

竜之助はそのまま奉行所の中に入った。

四

「なによ、あんたたち」

やよいは上目使いに男たちを睨んだ。

「こいつ、酒癖がよくないな」

村島は呆れて言った。

「もっとちょうだいよ」

「どうする？　もっと飲ませるか？」

「もういい、有馬、やめておけ。それ以上酔うと寝込んでしまうだけだからな」

「けちけちするな」

と、やよいは呂律《ろれつ》の回らない口調で言った。

大げさな芝居をしている。やよいは自分でも呆れるくらい酒が強い。一升飲んで、ほろ酔い加減といった程度である。

なので、勿体ない気がして、自分のお金で酒を飲むことはない。

こんな機会は僥倖《ぎょうこう》という以外、なにものでもない。

「こうなるとなんでも聞き出せるぞ」

と、村島は言った。

「そんなに訊くことがあるのか？」

有馬が訊いた。

「ああ、この女、とんでもない拾い物かもしれぬ」

村島はやよいに顔を向け、

「なあ、なぜ、田安の御曹司が町方の同心などやっているのだ？」

と、訊いた。

「それは、悪を退治したいからでしょうが」

「悪をだと？」

「そう、あんたたちみたいな」

と、やよいはからむように言った。

「あの若さまは、葵新陰流の遣い手だろうが？」

「そうよ、あんたたちなんか一太刀でばっさり。かわいそう」

「ふん」

有馬は鼻を鳴らしたが、

「もしかして密命を帯びているのではないか？」

村島はふいに目を輝かせて訊いた。

「密命？」

「そう。隠し金を守るため、町方に化けて、それを狙う者を探っているのではないか？」

村島がそう訊くと、有馬がぽんと膝を叩いた。

「そうか。あいつが守っているのか」

男たちは顔を見合わせ、うなずき合った。

「そなた、若さまから聞いているだろう？　隠し金のありかを？」

「ふふっ」

やよいは軽く笑った。

「なにがおかしい？」

「訊かれて言うと思ったの？　馬鹿みたい」

「なんだと」

「そんなことより、もっとお酒ちょうだい」

やよいはしなをつけて言った。だが、自分でもたぶん色っぽくはないだろうと思った。

「どうする？」

村島は有馬に訊いた。

「いや、つぶれるぞ」

「だが、もうすこしでしゃべるぞ」

「よし、では、あと一杯だけだ」

今度は無理やり口に入れたりせず、茶碗に注いだ。

「縛られてたら飲めないわよ」

「待て、いま、ほどいてやる」

手を自由にしたが、足首を縛った。

「もうちょっと、入れてよ」

「駄目だ」

「けち」

そう言って、やよいはうまそうに飲んだ。じっさいうまいのだが。

「さあ、言え」

「なにを?」

「隠し金だ。百万両だ」

「百万両!」

それは知らなかった。南蛮小僧はそんな大金を狙っていたのか。

そのことは竜之助も知らない。隠し場所だって知らない。あのお方は、田安の家や徳川家全体の秘密なんてものは、たぶんほとんど知らない。興味すら持っていない。

だが、ここは知っていることにしなければならない。

「百万両ねえ」

「惚けるな。百万両はどこにある？」

「意外なところよ」

「そんなことはわかっている」

「ちょっと見にはぜったい、わからないわ」

さも知っているような口調で言った。

どこにしよう。百万両なんて金はどこに隠すのだろう。仏壇の下に隠すとしたら、お寺ほどの仏壇をつくらないといけない。

「あんたたちなど想像もできないわ」

「そうでもない。ご三卿の家がからんでいるのはわかっている」

「あら、知ってたの」

とは言ったが、内心、やよいも驚いている。百万両などというお金を、ご三卿の家が預かっていただなんて。

「それはそうだ。城の外に持ち出しても、安全なところといったら、ご三卿の下屋敷がいちばんではないか。それで、わしらは空から襲うような噂をまき、警戒するような動きを探った。だが、ご三卿の屋敷のどこも、空を警戒したりしていない」

「そうよね」

適当に相槌を打った。

「空から襲っても無駄だと思っているのか？」

「あ」

わざとらしくうつむいた。

「やっぱりそうだ。地下道なのだ」

村島はそう言って、有馬を見た。

「おぬしの勘が当たったな」

「ああ。千代田のお城から抜け穴が出ているというのは噂で知っていた。やはり、地下蔵にあるから、軽気球にも蒸気機関車の力にも恐れたようすはなかったのだ」

「そうか」

「わしも、どうもおかしいと思ったのだ。あれだけ瓦版などで軽気球で来襲すると騒がせても、ちっとも反応がなかったのは、単に地下の警護を強化すれば済むことだったたからだ！」

「…………」

やよいはすこし頭が混乱した。なんだか適当に言ったことが、妙に的を射てしまったのだろうか。だが、そんなわけはない。

そっぽを向いたまま、茶碗のウイスケを一口飲んだ。軽い肴《さかな》でも欲しい。ないなら漬け物でもかまわない。

「地下道は噂どおり、本当に七つもあるのか？　そんなにはないよな？」

と、村島はやよいに訊いた。

「そんなにあるわけないでしょ。もっとも、偽装の穴はいくつかあるけどね」

知りもしないことを言った。

「わしらは、穴八幡が臭いと睨んでいる」

「ぷっ」

と、やよいは笑った。笑ったことには、たいした意味はない。穴八幡という名が面白かっただけである。そんな間抜けな名前の神社が本当にあるのだろうか。

「こやつ、笑いよったぞ」

「穴八幡のすぐそばには、一橋家の抱え屋敷もあるのだがな」

「村島さま。燈台もと暗しよね」

やよいはまた言った。口が軽くなっているのは、やはりこのうまい酒のおかげか。

「なに？」

村島が目をひん剝いた。

「そうだよ、村島。田安家の御曹司が同心になっているくらいだ。当然、田安家が護衛を担当していると考えるべきだろう」

と、有馬は言った。

やよいは、しまったという顔をして、またウイスケを一口飲んだ。

「田安家の下屋敷はいくつあった？」

「四つよ」

やよいは訊かれもしないのに言った。酔っ払っていると思われているときは、なにを言っても不自然ではない。

「そうだ。田安家は、下屋敷が霊岸島と、深川の小名木川沿い、四谷大木戸のわきの三つ、抱え屋敷が市ケ谷の茗荷谷《みょうがだに》にあるが、これは四谷大木戸の土地と、背中合わせに地つづきになっている」

と、村島は言った。

有馬が絵図面を広げた。

ちょうどそのとき、いままでいなかった男がやって来た。

「おい、西野、隠し場所がわかりそうだ」

「なんだと」

西野も絵図面の前に座った。

「たしかに、この線は臭いのだ」

村島は、城から四谷、新宿と指でなぞった。

「昔から噂がありましたよね？」

中間が訊いた。

「ああ、新宿の百人組を連れて、八王子に向かうというやつだ」

と、西野がうなずいた。

「ぴたりと合うではないか」

「やはり田安家の地下だな」

「ああ、そうだ」

「毎日あそこにいて、ちっとも気づかなかった」

村島は顔をしかめた。

「それはそうさ。極秘のことだ。用人くらいしか知らされていないのさ」

「ほんとに燈台もと暗しだったなあ！」

男たちは興奮した。

「そこに地下蔵があるのだ。警護の者たちも地下にいるわけだ」

「よし。今夜動くぞ」

と、村島は言った。

「今夜だと？　慌てずにやるのではなかったのか？」

「いや。いまなら護衛は下だけだから、逆に上を制圧し、いっきに下へ降りて護衛の連中を片づけてもいい」

「地下道などは火薬を使うといいのだ。爆風が駆け回り、あっという間に皆殺しだ」

「なるほど」

男たちは立ち上がり、なにやら準備を始めた。

「ついに百万両だ」

「ああ。ポーハタン号を買い取って」

「アメリカに着いたら、町の一つくらいも買い取って」

「そこに城でもつくって」

「金髪の腰元をうじゃうじゃ置くか」

「あっはっは」

嬉しそうに笑っている。

——馬鹿か、こいつら。

やよいは呆れた。これでは、攘夷、攘夷と馬鹿の一つ覚えみたいに言っている連中より、もっと性質《たち》が悪い。

だが、いまはこいつらの批判をしている場合ではない。

「あたしも連れてって！」

やよいは大きな声で言った。

ここからはうまく話を持っていかないと、この屋敷で殺され、竜之助とも二度と会えなくなる。

「なんだと」

「あたしを連れて行かないと、あなたたち、望むものは得られないわよ。だいいち、屋敷の上から地下蔵に入るには、竜之助さまのカギがないと入れないの」

「そうか」

これはいかにもそれらしい嘘だろう。

「だから、あんたたちはあそこに竜之助さまを呼び出さないといけないわけ」

「ううっ」

「しかも、竜之助さまは昨夜、あの亜米利加屋であたしと待ち合わせをした」

「なに？」

「来なかったから、おそらく村島さまに捕まったのだと推測しているわよ」

「わしのことを勘づいたのか？」

「そりゃあそうよ。だから、あたしをあそこに行かせたんじゃないの。やよい、あそこに田安家の村島という家来がいた。なんであんなところにいたのか、ちと探ってきてくれと、こうおっしゃったからあたしが行ったんじゃないか」

「それはそうだ」

「でも、あたしがいなかったら、竜之助さまは、ぜったいカギは渡さない。公にはできないけれど、じつはわたしと竜之助さまは、誓い合った永遠の夫婦……」

そうだったら、どんなに幸せだろう。

「……そのかわり、あたしの命と引き換えにはしてくれるかも」

「百万両とそなたの命と？」

自分で言い出して、やっぱりそれはないなと思った。百両ならともかく、百万両である。ひゃく、まん、りょう！

竜之助さまが、あたしをそこまでして守ってくれるわけがない。

やよいはまた、ウイスケをぐびりと飲んだ。

「当たり前でしょ。竜之助さまは、あたしに首ったけなんだから」

ほんとにそうだといい、いや、どうかそうでありますようにと思いながら、やよいは大きな声で言った。

「どうする？」

「たぶんこの女の言うのは嘘ではあるまい。あの方のふだんの目つきを見ても、それは明らかだった」

「では、竜英さまに来てもらうしかない」

「だが、惚れてるのは本当でも、素直に来るかな」

「当然、町方をぞろぞろ連れて来るぞ」

「そうさせないため、薩摩をちらちらさせたのではないか」

「そうだな」

やよいは内心、驚いた。

南蛮小僧の正体は薩摩藩士たち。そう偽装することで、うかつには手出しできないような恫喝《どうかつ》までしていたのか。

「女に書状を書かせよう。カギを持って、単身、隠し場所の田安の四谷屋敷まで一人で来いと。一人で来なければ、女の命もないし、江戸で戦を始めるぞと」

「来るかな、それで？」

「来るに決まってるでしょ」

こんなやつら相手に、竜之助が負けるわけがない。それに、あたしも手助けをする。

もし、来なかったら、自分は殺される。

田安家の四谷の下屋敷に地下蔵？　笑わせる。

ただ、あそこに幽霊が出るという話は、女中たちのあいだで噂されていた。夜中、地面の下のほうから、男たちの声が聞こえたりすると。

——こいつら、幽霊でも見つけて腰を抜かすといい。

五

小栗忠順は、ぶ厚い書類を前に並べ、罪人を睨むように目を落としていた。

読むというよりは睨んでいる。

「これが怪しい」

小栗が指を差した。

「ははっ」

わきにいた小栗家の家来が、付箋をはさみ、横にずらした。こうして山ほどある書類に目を通していくのだ。こうでもしないと、町奉行と勘定奉行の兼任などできるわけがないのだろう。

次の書類を置いたとき、

「お奉行」

と、竜之助は声をかけた。

「お、福川、どうした？」

「例のこと、わかりました」

「なに？」

小栗は家来を下がらせ、竜之助と向き合った。

「本当にわかったのか？」

「はい」

「言ってみよ。だが、わしは返事をするわけにはいかぬぞ」

「南蛮小僧を名乗るのは、どうも直接ではないにせよ、薄々、幕府の動向を察知できる連中のようなのです」

「ほう」

「しかも、隠し場所の決定については、勘定奉行で町奉行を兼務するお奉行の意向が相当強かったはず」

「なるほど」

「そのあたりは、連中も察しがついたのではないでしょうか。それでわたしも、お奉行のお人柄を知りたいと思いました。隠しごとをするときは、往々にしてその人の隠れた性癖が出てしまう気がしたからです」

「ほう。面白いな」

「だが、わたしは生憎とお奉行の子ども時代をよく知りません。それで、知っている者に訊ねました」

「あ、あの人か」

小栗は顔をしかめた。

「はい」

「まさか、初恋の話なども？」

小栗は顔をひきつらせた。

「いや、それは伺っていません」

「そうか」

小栗はホッとしたらしい。いったいどんな初恋だったのか。

「いろいろ面白い話もうかがいましたが、それは忘れることにします」

「頼む」

「ただ、子どものときから穴を掘ることが好きだったとか」

「あ、そうだ。好きだった」

いま、思い出したように言った。

「お忘れでしたので」

「うん、忘れていた。確かにしょっちゅう穴を掘っていた。そうか。わしは、それが好きだったのか」

小栗は懐かしそうに言った。泥棒か女たらしになるという予想のことは知らないのだろう。

「それで、わたしも子どものころに聞いた噂を思い出しました。お城の下には、秘密の地下道があり、出口周辺を守るお役目の者もいると」

「ほほう」

「それはあっても不思議はないと思います。それで、今回、万が一に備えてお城の金を動かそうというとき、その地下道を利用することをお考えになったのではと思いついたのです」

「ううむ」

「ただし、秘密の保持というのはやはり難しいのでしょう。江戸の民のあいだでも、そうした噂は昔からあったそうです」

「人の口に戸は立てられぬからな」

「いままで聞いた話を支倉にぶつけてみました。甲州街道沿いのどこか、という噂はずいぶんありました。江戸城を出て、百人組の家臣たちが上さまを守り、武州《ぶしゅう》八王子でいったん態勢を整えるのだと」

「なるほど」

「江戸城というのは、お濠で囲まれています。このお濠の下を地下道が通れば、浸水の不安があります。ところが、半蔵門《はんぞうもん》から麴町《こうじまち》、四谷大木戸へと向かう道筋は、お濠がちょうど途切れ、上に水がないのです。つまり、地下道にふさわしい道筋でもあります」

「……」

「そして、その道筋には、なんとわが田安家の抱え屋敷まであるではありませんか。金を移し、その近くに守りに使える駒もあります」

「……」

「わたしは、百万両は四谷の田安家下屋敷の地下蔵にあると踏みました。お返事はいただかなくともけっこうです」

竜之助はきっぱりと言った。小栗の反応を見ても、この推理は当たっている。

「これでまた、世の中が落ち着いたりしたころ、またぞろ妙な噂を立てられたりするのだろうな。小栗忠順の埋蔵金とかなんとかいってな」

小栗は顔をしかめた。

六

「それで、下手人ですが」

と、竜之助は言った。

「それも見当がついたのか？」

小栗は目を瞠った。

「おそらく」

「薩摩が怪しいとは報告を受けているぞ。わしを襲った車の板にも、薩摩の家紋があったそうだな」

「それらはどうも偽装のような気がします」

「なんと」

「下手人は、とんでもなく身近にいるのです」

「身近にだと」

小栗はそっと後ろのほうを見た。

「いや、身近というのは奉行所のことではありません」

「そうか」

「ところで、小栗さまも参加した万延元年遣米使節ですが、あれには何人ほど行かれたのです？」

いまから二年前のことである。

小栗はこの役目でも有能ぶりを発揮し、いま、これほどまでに重用されるようになったのだ。

「咸臨丸《かんりんまる》で向かった連中とは別に、ポーハタン号で向かったのは七十七人だったな」

「どういう基準で選ばれたのでしょう？」

「あのときは、外国奉行と神奈川奉行を兼務していた新見豊前《しんみぶぜん》と村垣淡路《むらがきあわじ》の二人が中心になって人選がおこなわれた。だから、多くは外国奉行の下にいたものと、新見家と村垣家の家臣たちだった。また、わしは監察役として加わったので、わしの家来も六人ほどいたかな」

「希望を取ったりは？」

「公に希望を募《つの》ったりはしなかった。ほとんどが身内の中で人選をおこなったのではないかな」

「南蛮小僧は南蛮の技術に憧れを持ち、じっさいある程度の知識も持っています。おそらく、そのとき渡航を望んだに違いありません」

「ほう」

「ところで、ご三卿の若い家来たちの中に、ポーハタン号や咸臨丸での渡航を願い出た者はいなかったでしょうか？」

竜之助の問いに、小栗は遠い目をした。

「そういえば、いたな」

「渡航を認めなかったのですね」

「そうだな。たしか、その者たちは、あまりに熱心すぎて、親米の度合いも強すぎた。それだと、交渉などをおこなう場合、わが国に不利な条件を飲んでしまうかもしれないというのが理由だったのではないかな。おい、福川。まさか……？」

「そのまさかだと思います。南蛮小僧は、幕府の機密に近いことまで知っています。もちろん、機密そのものではなく、ぼんやりした周辺のことです。つまり、ご三卿の中にあって、動向を見張ることができる者たちです」

「あのとき、嘆願書なども出ていた。わしは監察としてそういった書類も預かった。それはお城に保存してあるはずだぞ」

「ぜひ、名前をお教えください」

竜之助は迫った。

「よし。しばし待て。城から取り寄せる」

小栗は使いを出してくれた。

「その者の氏名がわかれば、すぐに捕縛するか？」

「はい。一刻も早く」

「だが、連中はまだ、隠し場所に気づいておるまい」

「それはそうですが」

やよいが心配である。

同心部屋に下がり、小栗の使いがもどるのを待った。

半刻（一時間）ほどして――。

竜之助は小栗に呼ばれた。

「名前がわかったぞ」

「はい」

「田安家の家来で村島慎吾、清水家の家来で西野修一郎、一橋家の家来で有馬右京。この三人は熱心に渡米を訴えたが、結局、却下されている」

「わかりました」

竜之助は立ち上がった。

やはりご三卿の身近にいた。薩摩弁も偽りだったのだ。

「慌てるな。どこの屋敷にいるのかわからぬだろう」

「まずは田安家から当たります」

奉行の部屋を出たとき、

「福川。いま、急ぎだと言って文が届いたぞ」

吟味方の同心が、封書を渡して寄こした。

「ありがとうございます」

すぐに読んだ。

驚くべき文面である。だが、予想していたことでもある。


わたしは、南蛮小僧の一味に囚《とら》われの身となりました。

南蛮小僧は薩摩藩士たちの偽りの姿です。

正体は薩摩の密偵でした。

例の百万両の隠し場所、田安家の四谷の下屋敷にいます。

カギを持って来ないと、わたしは殺されてしまいます。

しかも、竜之助さま、お一人で来るようにとのこと。

町方を連れてくれば、江戸で戦が起きるそうです。

助けると思っていらしてください。やよい。

やよいの字に間違いない。

おかしな調子で解《げ》せないところだらけだが、それは無理やり書かされたためだろう。あいつらが薩摩藩士のわけはないし、薩摩が江戸で戦を始めるなどというのも、でたらめに決まっている。ちゃんと真実を伝えたかっただろうが、囚われの身では無理というものである。

「どうした、福川？」

小栗が竜之助の顔色を見て訊いてきた。

「一味もついに探り当てたようです」

「なんと」

「お奉行、その地下蔵にカギはありますか？」

「そりゃあ、あるさ」

「貸してください」

「わかった。この際だから仕方あるまい」

小栗は後ろの戸を開け、隠し金庫のようなところから、カギを取り出した。

「これだ」

「ありがとうございます。では、わたしはすぐに駆けつけます」

そう言って、やよいの文を渡した。

「なんと、薩摩の密偵とあるぞ」

「それはでたらめです」

「だが、そう思えるふしもあるぞ」

「判断はおまかせします。わたしは一刻も速く駆けつけたいので」

と、飛び出そうとする。

「まて、福川。わしらも参るぞ」

「お奉行たちは地下道から来られたほうがよいのでは。そのほうがまっすぐで、わたしより早く着くかもしれませんよ」

「わかった」

竜之助は奉行所を飛び出した。

出るときに、与力の高田とすれ違った。

「福川。横浜から例のバーボンを取り寄せている者がわかったぞ。田安の家の家来でな、村島慎吾という者だった」

「ありがとうございます。のちほど詳しくうかがいます」

ろくに顔も見ず答えた。

いっきに駆ける。その速いこと。

お濠端を走り、半蔵門のところを左に曲がり、麴町から四谷御門を抜け、四谷御門前の田安家下屋敷の前に着いた。

一里ちょっとくらいだろう。竜之助なら四半刻（三十分）もいらない。ふつうの人がご飯を二膳食べて、お茶をすすり終えるころには着いてしまう。

ざっと周囲を見た。

男が二人、近づいて来た。一人は易者《えきしゃ》、もう一人は野菜の棒手振りの姿。

「見習いの福川ではないか？」

隠密同心たちである。

「ここに女連れが入りませんでしたか？」

と、竜之助は訊いた。

「入った。だが、怪しい者ではない。この屋敷に仕える者だった」

「ははあ」

そいつが怪しいのだ。

「そなたはなにをしに？」

隠密同心が訊いた。

「まもなくお奉行も来られる。そっちから詳しく訊いてください。それまでは、警護をつづけられるようにと」

「わかった」

隠密同心たちはまた通りの中に溶け込んでいった。

「開けてくれ」

竜之助は、門番に声をかけた。

返事がない。

わきのくぐり戸を開け、竜之助は中に入った。

七

正体を現わした南蛮小僧の一味は、玄関前にいた。武士が三人、中間も三人。そのわきにしゅんとなったやよいがいた。

ここにいたわずかな家臣は斬られたり、縛られたりしているのだろう。衝立《ついたて》の向こうに倒れている男が見えていた。

「もう来たのか！」

一昨日の夜見かけた男が言った。

「おや、早かったかい？　あまり待たしても悪いと思ったのでな」

「ほんとうに一人で来たのですか？」

田安家の家来の村島が訊いた。

「いや、あいにくだが、一人というわけにはいかねえ。もうしばらくしたら、地下道のほうから奉行所の捕り方がやって来る」

「地下道から」

「おめえたち、百万両なんか持って、どうやって逃げるつもりなんだよ。千両箱なんざ一人二つ担いで逃げたって、二、三町も行ったら、疲れて座り込んじまうぜ」

竜之助はひどいべらんめえ口調で言った。今日は舌もなめらかである。

「お前、ほんとに田安家の竜英さまか？」

村島が呆れたように訊いた。

「どうしてだい？」

「なにやら口調まで木っ端《こっぱ》役人みたいだぞ」

「そいつぁあ、ありがてえや。そんなことより、逃げられっこねえから諦めなってんだよ。どうせ、軽気球も蒸気機関車も持っちゃいねえんだろ」

「ふっふっふ。心配してくれるのですか。お生憎さまですな。まもなく、事情を知らない運び屋がやって来て、荷車で運んでくれるのですよ。幸いここは人通りも多い。内藤《ないとう》新宿を過ぎたら道を左に折れて横浜に向かうというわけです」

「横浜？」

「そこでひと船丸ごと貸し切りにしてもらうことになっていましてね。われらはすぐに出航できるのです」

「なるほど、そういう手順はできてたのかい」

「徳川家の皆さまは、いつまでも攘夷派とつばぜり合いでもなさっているといい。わしらは、こんな髪の黒い、ちんくしゃみたいな女とは大違いの、金髪の腰元を山ほど雇って、豪気に暮らしますのでね」

「ちんくしゃですって？　ひどい」

やよいは思わず言った。

「だから、ほら、カギをお渡し願いましょう」

竜之助は懐からカギを取り出して、

「ほら、取れるものなら取ってみな」

と、振ってみせた。

「舐《な》めるな」

「なにが葵新陰流だ」

「たかが殿さま剣術だろうが」

三人がいっせいに刀を抜き、中間たちは六尺棒を構えた。

「よし、いくぜ」

竜之助は刀を抜き、刃の峰を返した。

「こやつ」

峰を返したのに、むっとしたらしい。

村島がつつっと前に出て、青眼から突いてきた。

悪くない突きである。

竜之助は軽く刃を当てながら、一歩後ろに下がった。

残りの二人もすばやく互いの距離を取って、こちらも突いてきた。

その連携も悪くない。

金蔵奉行と家来たちがたちまち倒されてしまったのも無理はない。それほどの剣術の腕前だった。

視界の隅で、やよいが動いたのはわかった。

いちばん近くにいた中間の首に、手刀を叩き込んだ。

——なぜ、やよいを縛っておかなかったのだろう。

竜之助は、ちらりとそう思った。

三人の突きは右に回り込むようにしてかわしていた。かわしながら、思い切り地面を蹴り、飛ぶように村島の右側をすり抜けた。

そのとき、手首を軽く返した。

この竜之助の返しの強さが凄《すさ》まじい。ほんのわずか、手首をひねるだけなのだが、それで相手の剣は大きく弾かれる。

「あっ」

村島の持っていた剣が、岩にでも当たったみたいな衝撃を受けた。手離さなかっただけでも立派だろう。

村島の両手が上を向いた。その下を、反動もつけずに竜之助の剣が走った。

「むふっ」

腹を叩かれ、村島は膝から崩れた。

竜之助の動きは止まらない。

中間から六尺棒を奪ったやよいが、二人の中間の顔に、立てつづけに突きを入

れるのを横目で見ながら、

「てやっ」

「とうっ」

あと二人の腕と肩をつづけざまに打った。

「くあっ」

「ぎゃっ」

目も眩《くら》むばかりの痛みに、二人もまた膝から落ちた。

ちょうど三人が同じような姿勢で並んだ。

そこで竜之助は返していた刃を元にもどしていた。

風を探った。すぐに見つかった。

ひゅぅうう。

剣が泣いていた。

その剣がふいに横へと走った。風鳴の剣である。

三人のちょん髷《まげ》が、ぽとぽとと、立ち枯れした茄子《なす》の実のように、だらしなく
膝の前に落ちていった。

そのとき、ふいに屋敷の中が騒がしくなった。

どこかの出入り口から、小栗を先頭に奉行所の捕り方たちが三十人ほど飛び出してきたようだった。

「お奉行。こっちです！」

竜之助は大声で小栗を呼んだ。

「福川、これは」

小栗忠順が目を瞠った。

三人の武士がざんばら髪になって、茫然《ぼうぜん》と座り込んでおり、三人の中間が気を失って横たわっている。

「ええ。皆、おとなしくなっています」

「よし、縛り上げろ」

「お奉行、あの」

竜之助は心配になってそっと声をかけた。

「わかっている。そなたの身分が割れることはないよう、気をつける。このまま評定所に連れて行き、そっちで裁くことになるだろう」

「ありがとうございます」

評定所内のことなら、奉行所の与力同心たちにも話は伝わらない。

小栗は、猿ぐつわをかけたまま、評定所に連れて行けと命じた。

「福川。地下蔵の金は、城にもどすことにする」

「ええ、それがいいでしょうね」

この先もなにが起きるかわからないのだ。隠し場所としても、それほどいいところとは思えない。

「だが、地下道のことはいくらか知られてしまいましたね」

竜之助は、小栗が連れて来た同心や小者たちを見ながら言った。大滝治三郎や矢崎三五郎もいる。なんだかあっ気に取られたような顔をしているのは、やはり長い地下道をくぐって来たせいもあるのだろう。

「まあ、それは仕方がない。どっちにせよ、すでに噂はあったしな」

「そういえば、亜米利加屋の女の具合をどなたかご存じありませんか？」

竜之助は矢崎たちがいるほうに向かって訊いた。

「ああ、女は大丈夫だよ」

大滝がそう言うと、後ろでやよいが、

「よかった」

と、つぶやくのが聞こえた。

「横浜から、異国の女を装って出て来たんだそうだぜ」

大滝が言った。

「異国の女を？」

「それで、なかなか流行らないので、客引きのため、男が南蛮小僧になりすまし、隣の薩摩屋敷に嘘の脅迫状を貼ったんだとさ」

「やっぱり」

それで、薩摩藩のせいにしようとしていた本物のこいつらが現われ、二人を殺そうとしたのだった。

「女は、くだらないことをしたもんだと後悔ひとしきりだよ。慾《よく》をかいたのが間違いだった。なにをやってもうまくいかないってさ」

「うーん、それは」

ちらりと寄った店だったが、この先は意外に流行るかもしれないではないか。

あんなふうに軽く立ち寄って、気軽に店の者と話をしながら酒を飲める店は、なかなかないような気がする。

それに、もしもあの店があそこになくて、南蛮小僧の脅迫状を貼ったりしなかったら、村島と出会うこともなければ、疑いをかけることもなかっただろう。そうして竜之助たち町方は、薩摩藩のしわざと勘違いしたまま、まんまと百万両を奪われていたかもしれないのである。

「明日あたり、おいらも見舞いに行ってみますよ」

「お前も大変だな。あっち行ったり、こっち行ったり」

と、大滝は笑った。

村島たちがひっ立てられて行くのを見ながら、竜之助はいちばん心配した人のところに近づいた。

昨夜は、やよいにもしものことがあって、あの家で一人暮らしをつづけるような羽目になったら本当にどうしたらいいのだろうと、途方に暮れるような気持ちになったのである。

——まさか、おいらは……。

竜之助は、自分の気持ちのどこかでゆっくり育ちつつあるものの正体を確かめようとして、

——おっと、危ねえ。

慌てて、心の目にそっぽを向かせた。

とんでもなく色っぽいやよいである。もしも、心が囚われてしまったりしたら、同心としての仕事も、剣客としての腕も、すべてとろけて駄目になってしまうに決まっている。

いまは、ひそかに無事を祝うだけにしておかなければならない。

「おう、やよい」

「あ、竜之助さま。来てくれてありがとうございます」

「あたりめえだろ。あんたが……」

「え、なんですか？」

「なんでもねえ。それにしても、あいつらよくもこの隠し場所がわかったもんだぜ」

「あれ？　ほんとにここに百万両が？」

「ああ、隠したのさ」

「まあ、それってまぐれ当たりです。わたしがでたらめを言ったら……すこしお待ちを」

やよいはふいに庭の隅に駆け寄って、吐いた。

「おい、大丈夫か？」

「はい。大丈夫です。ちょっと動いたもので。申し訳ありません」

「ん？」

「どうかしました？」

「お前、ちっと酒臭いぜ」

竜之助は、不思議そうにやよいの顔を見つめた。

そういえば、目元のあたりがほんのりと赤い。それはやはり、どきどきするくらい色っぽくて、竜之助は慌てて目を逸らした。

「あ、やっぱり臭いですか」

「あ、わかった。あいつら、お前になにかしゃべらせようとして、無理やり酒を飲ませたんじゃねえのかい？」

竜之助の問いに、やよいは恥ずかしそうにうなずいて、こう言ったのだった。

「そうなんですよ、若さま。あいつらったら、嫌がるわたしの口を無理やり開けさせて、大っ嫌いなお酒を……」

本書は２０１３年７月に小社より刊行
された作品の新装版です。

双葉文庫

か-29-60

新《しん》・若《わか》さま同心《どうしん》　徳川竜之助《とくがわりゅうのすけ》【四】

南蛮《なんばん》の罠《わな》〈新装版《しんそうばん》〉

2024年3月16日　第1刷発行

【著者】

風野真知雄《かぜのまちお》

【発行者】

箕浦克史

【発行所】

株式会社双葉社

〒162-8540 東京都新宿区東五軒町3番28号

［電話］03-5261-4818（営業部）　03-5261-4833（編集部）

www.futabasha.co.jp（双葉社の書籍・コミックが買えます）

【印刷所】

中央精版印刷株式会社

【製本所】

中央精版印刷株式会社

【フォーマット・デザイン】

日下潤一

ISBN978-4-575-67195-7 C0193

Printed in Japan